KB211669

한여름 밤의 꿈

한여름 밤의 꿈

A Midsummer Night's Dream

윌리엄 셰익스피어 지음 • 이현우 옮김

도서출판 **동인

차례

등장인물

테세우스	아테네의 공작
히폴리타	아마존의 여왕, 테세우스의 약혼녀
이지어스	아테네의 귀족, 허미아의 아버지
라이산더	아테네의 귀족 청년
드미트리어스	아테네의 귀족 청년
허미아	이지어스의 딸
헬레나	아테네의 귀족 처녀
필로스트레이트	공작의 신하
피터 퀸스	목수
닉 보틈	직조공
프란시스 플루트	풀무 수선공
로빈 스타블링	재단사
톰 스나우트	땜장이
스너그	가구공
오베론	요정 왕
티타니아	요정 여왕
로빈(퍽)	오베론의 심부름꾼 요정
콩꽃	티타니아의 요정
거미집	티타니아의 요정
나방	티타니아의 요정
겨자씨	티타니아의 요정

7

1막

A Midsummer Night's Dream

1장

테네우스, 히폴리타, 필로스트레이트, 시종들과 함께 등장

테세우스   아름다운 히폴리타, 우리의 결혼식이
줄달음쳐 오는구려. 행복한 나흘이면
새달[1]이 뜨겠지. 하지만 이 늙은 달[2]은
왜 이리 천천히 지는지! 계모나
과부가 젊은 아들 돈주머니 축내듯이   5
이 늙은 달이 내 욕망을 축내는구려.

히폴리타   나흘 낮은 어느새 한밤 속에 젖어 들고
나흘 밤은 어느새 꿈결같이 지나겠죠.
그러면 은빛 활처럼 휘어져 하늘에
매달릴 초승달도 우리들 혼인날 밤을   10
보겠지요.

테세우스   필로스트레이트, 어서 가서[3]

---

[1] 초승달

[2] 그믐달

[3] "보겠지요"와 "필로스트레이트, 어서 가서"는 '행 공유하기'(sharing a line)로, 마치 한 행 속의 대사인 것처럼 두 대사를 바로 이어 붙여서 구사해야 한다. 긴박감을 표현하거나 등장인물 상호 간에 호흡이 잘 맞는 것을 표현할 때, 극적 리듬감을 높이고자 할 때 흔히 사용한다.

아테네 청년들을 깨워 즐기게 해라.
흥을 깨워 신나고 즐겁게 놀게 해라.
우울한 마음은 장례식에나 보내버려.
창백한 얼굴은 잔칫집엔 어울리지 않는다.　　　　　15

필로스트레이트 퇴장

히폴리타, 난 칼로써 당신한테 구애했고,
상처를 입혀가며 사랑을 쟁취했소.
하지만 결혼은 다르게 할 참이오.
화려하고, 환호성이 가득하며, 흥겹게!

이지어스, 허미아, 라이산더, 드미트리어스 등장

이지어스	테세우스 공작님, 평안하시길 빕니다!	20
테세우스	고맙소, 이지어스, 무슨 일이오?	
이지어스	울화통이 터져서, 고소하러 왔습니다,	

제 자식, 제 딸년 허미아를 말입니다.
앞으로 나오게, 드미트리어스! 공작님,
이 청년이 제가 결혼을 승낙한 자입니다.　　　　　25
이리 나와, 라이산더! 존경하는 공작님,
이놈이 제 딸년 마음을 홀렸습죠.
너, 너, 라이산더, 이 자식, 내 딸한테 시를 읊어주고,
사랑의 징표를 주고받고 했겠다!

달밤엔 창가에 서서 가짜 목소리로   30

거짓 사랑을 노래하고, 머리카락을 꽈서 만든

팔찌며, 반지, 싸구려 장신구, 애들 장난감,

온갖 잡동사니, 꽃다발, 사탕 등등 - 애송이

홀리는 미끼로 내 딸년을 농락했지.

교활하게 내 딸년의 마음을 훔쳐선   35

아비한테 늘 순종하던 애를 고집불통 못된 년으로

만들어 놨잖아! 해서 공작님,

제 딸년이 감히 공작님 앞에서도

드미트리어스와 결혼하라는 제 명을 거역한다면,

예부터 내려온 아테네의 특권을   40

주장하겠습니다. 딸년은 제 것인바,

제 마음대로 처분하겠습니다. 이 친구와 결혼하든지,

아니면 죽든지, 법대로 하겠습니다.

테세우스   어떻게 하겠느냐, 허미아? 들어보거라.

네게 아비는 신과 같은 존재다.   45

네 아름다움을 지으신 분이지, 아무렴,

밀랍 뭉치 같은 네게 형상을 입히셨다.

널 지킬 권능도, 망쳐버릴 권리도

네 아비에게 있지. 드미트리어스는 훌륭한 청년이다.

허미아   라이산더도 그렇습니다.

테세우스   사람이야 좋겠지.   50

하지만 네 아비의 허락이 없으니,

다른 쪽이 더 나아 보이는구나.

허미아   아버지가 제 눈으로 보았으면 좋겠습니다.

테세우스   네 눈이 네 아비의 판단력으로 보면 좋겠구나.

허미아   제발 간청드립니다, 공작님.   55

어떤 힘이 절 이렇게 용감하게 만들었는지,

어쩌다가 감히 공작님 앞에서 제 생각을

말씀드릴 만큼 뻔뻔해졌는지 모르겠지만,

제발, 공작님, 제가 알 수 있을까요?

가장 끔찍한 형벌이요, 이런 경우에, 그러니까,   60

제가 만약 드리트리어스와의 혼인을 거부하면요.

테세우스   죽거나, 아니면, 영원히 끊는 거지

세상 남자들과의 인연을. 그러니 허미아,

네 욕망을 의심하고, 네 젊음을 명심하며,

네 혈기를 살피거라. 네 아비의 선택을   65

따르지 않는다면, 수녀복을 입고 영원히

어두컴컴한 수녀원에서 지내게 될 것이다.

차갑기 짝이 없는 달님에게 맥 빠진

찬송가나 부르며, 평생 동안 남자 없이

수녀로 살아야겠지. 끓는 피를 억누르며   70

처녀의 순례길을 떠나는 것도 축복받아

마땅한 일이나, 처녀의 가시 위에서

시들며 독신의 축복 속에 살다가

죽는 것보다는, 차라리 꺾여서

	향기를 내뿜는 장미가 세속적으론 더 행복하단다.	75
허미아	전 그리 크다, 그리 살고, 그리 죽겠습니다, 공작님.	
	처녀의 특권을 저 사람한테 양도하느니.	
	원치 않는 사람에게 구속될 순 없습니다.	
테세우스	시간을 가져 보거라. 새 달이 뜨고,	
	우리를 영원히 맺어줄 혼인날이 오면,	80
	네 아비의 뜻을 거역한 대가로	
	죽을 준비를 하든가, 아니면	
	아비 뜻대로 드미트리어스와 결혼을 하든가,	
	그도 아니면, 처녀 신 다이아나의 제단에서	
	영원한 고독과 독신을 맹세하거라.	85
드미트리어스	진정해, 허미아! 라이산더, 네 미친 주장은	
	포기해, 내 정당한 권리에 양보하라고!	
라이산더	드미트리어스, 허미아 아버지는 널 사랑해.	
	그러니 허미아는 날 사랑하게 놔두고,	
	넌 허미아 아버지와 결혼하라고!	90
이지어스	이 고얀 놈! 오냐, 그래, 나는 앨 사랑한다.	
	그러니 내 맘대로 애한테 다 주겠다.	
	내 딸도 내 거고, 개에 대한 권리도	
	내 거니, 몽땅 다 애한테 넘기겠다!	
라이산더	공작님, 가문으로나 재산으로나 저 역시도	95
	이 녀석 못잖습니다. 제 사랑은 넘치고요.	
	제 재산이 더 많다고는 못해도 이 녀석보다	

조금도 빠지지 않습니다. 그리고
무엇보다 자랑스러운 건 아름다운 허미아가
절 사랑한단 겁니다. 이런 제가 왜   100
제 권리를 행사해선 안 되는 거지요?
드미트리어스, 이 녀석은 말이죠, 네다 아저씨 딸
헬레나를 꼬드겨서 영혼을 앗아갔습니다.
착한 헬레나는 이 바람둥이 녀석한테
우상숭배 하듯 흠뻑 빠져있고요.   105

테세우스 사실은 그에 대해 들은 바가 있어서,
드리트리어스와 얘기를 나눠보려던 참이었다.
바빠서 깜빡했구나. 자, 드미트리어스,
그리고 이지어스, 함께 가세.
두 사람한테 개인적으로 해줄 말이 있다네.   110
허미아, 너는 마음을 다잡고
네 사랑을 아버지 뜻에 맞추도록 하거라.
그렇지 않으면 아테네 법에 따라
사형에 처해지든지 독신을 맹세하든지
해야 한단다─봐주는 법이 없지.   115
자, 갑시다, 히폴리타. 괜찮은 거요?[4]
드미트리어스, 이지어스, 어서 갑시다.

---

[4] 히폴리타는 허미아의 혼인과 관련한 고소 사건 내내 침묵하고 있을 뿐 아니라 침울한 듯이 보인다. 테세우스와의 전쟁에 패해 포로가 된 상태에서 결혼을 하게 된 히폴리타는 원하지 않는 결혼을 강요받고 있는 허미아에게 공감하는 듯이 보인다.

우리 결혼식에서 해줄 일이 있소.

두 사람과 관련해서 할 얘기도 있고.

이지어스 충심을 다해 따르겠습니다, 공작님. 120

라이산더와 허미아 외에 모두 퇴장

라이산더 괜찮아? 얼굴이 너무나 창백해.

장미꽃이 이토록 빨리 시들다니!

허미아 빗물이 모자라 그런가? 내 눈의

폭풍우로 흠뻑 적셔줄 수도 있을 텐데.

라이산더 오, 이런! 지금껏 읽었던 어떤 책이나, 125

들었던 어떤 이야기, 역사 속에서도

진정한 사랑은 결코 순탄치 않아.

신분이 너무나 달라서라든지─

허미아 오, 젠장! 너무 높고 너무 낮아서 안 되다니.

라이산더 아니면 나이 때문에 어긋나고─ 130

허미아 오, 맙소사! 너무 늙고 너무 젊어서 안 되다니.

라이산더 아니면 친구들의 선택에 흔들려서─

허미아 오, 안돼! 남의 눈으로 사랑을 선택하다니!

라이산더 또 아니면, 딱 맞는 짝을 만났더라도,

전쟁, 죽음, 질병에 포위당해, 135

소리처럼 덧없고, 그림자처럼 재빠르며,

꿈처럼 짧고, 무섭게 하늘과 땅을 비추고선

사람들이 '저것 봐' 소리칠 틈도 없이
어둠의 아가리에 먹혀버리는 시커먼
밤하늘 번개처럼 순식간에 끝나버리지.   140
순식간에 눈부신 것들이 혼돈 속에 빠져버려.

허미아　진정한 사랑은 좌절하기 마련이라면,
그게 바로 운명의 법칙일 거야. 그럼
우리의 시련에 인내를 가르쳐야겠어.
상념과 꿈, 한숨과 소망, 그리고 눈물이   145
가엾은 사랑의 추종자들이 되고,
좌절이 관습처럼 사랑에 붙어 다닐 테니까.

라이산더　맞는 말이야. 그래서 말인데 허미아,
과부 이모 한 분이 계시거든.
재산은 많은데 자식이 없으셔.   150
아테네에서 일곱 리그⁵ 떨어진 곳에 사시는데
날 마치 자기 외아들인 것처럼 아껴주셔.
거기서, 허미아, 너와 결혼하고 싶어.
아테네의 가혹한 법도 거기까지 쫓아오진
못할 거야. 날 사랑한다면 내일 밤 아버지 집을   155
몰래 빠져나와 숲에서 만나. 시내에서
일 리그쯤 떨어진 데. 전에 오월제
아침 의식에 헬레나와 같이 만났던 바로 거기.

---

⁵ 1리그는 약 4.8킬로미터.

	거기서 기다릴게.	
허미아	그럴게, 라이산더!	
	맹세해, 큐피드의 최고로 강한 활과,	160
	황금 촉이 달린 최고의 화살과,	
	비너스 여신의 비둘기의 순진함과,	
	영혼을 맺어주고 사랑을 꽃피워주는 것들과,	
	배신한 트로이인이 배를 타고 도망치자	
	스스로를 불사른 카르타고 여왕의 그 불덩이와,	165
	지금까지 여자들이 말한 것보다 더 많이	
	남자들이 깨뜨린 맹세에다 걸고!	
	나한테 알려준 바로 그 장소에서	
	내일 반드시 널 만날게!	
라이산더	약속 지켜, 내 사랑! 저기 헬레나가 오네.	170

헬레나 등장

허미아	안녕, 예쁜 헬레나! 어디 가니, 말해줄래?	
헬레나	나보고 예쁘다고? 그 예쁘단 말 취소해줄래?[6]	
	드미트리어스는 네가 예쁘대. 아, 좋겠다, 예뻐서!	
	네 눈은 북두칠성 같고, 네 목소리는 너무 달콤해서,	
	푸른 밀이 올라오고, 산사나무 꽃필 때	175

---

[6] 헬레나 등장 이후 1막 1장 끝까지 모든 대사는 "말해줄래" "취소해줄래"처럼 2행씩 각운을 맞추는 2행 연구(couplet)로 구성되어 있다. 원문에 있는 2행 연구를 모두 우리 말로 바꾸어 보았다.

목동 귀에 울리는 종달새 노래보다 감미롭대.

질병이 옮듯이 예쁜 것도 옮을 수 있다면,

예쁜 허미아, 너한테 내가 옮았으면!

내 귀는 네 목소리에, 내 눈은 네 눈에,

내 혀는 네 혀의 달콤한 노래에!   180

이 세상이 내 거라면, 드미트리어스만 아니면,

너 다 가져, 그래서 네가 될 수만 있다면!

아, 어떻게 예뻐져? 어떠한 마법을

부려서 홀린 거니, 드미트리어스 마음을?

허미아	아무리 찌푸려도 그냥 날 사랑한대. 185
헬레나	오, 네 찌푸림이 그런 마법을 가르쳐줬으면, 내 미소한테!
허미아	저주를 퍼붓잖아? 그러면 사랑을 줘.
헬레나	아, 내 기도야, 그렇게 사랑을 퍼부어줘!
허미아	미워하면 할수록, 날 쫓아와, 더 더 더.
헬레나	사랑하면 할수록, 날 미워해, 더 더 더! 190
허미아	헬렌, 그 사람 이상한 거 내 잘못은 아니잖아?
헬레나	예쁜 게 네 잘못이야. 아, 그 잘못이 내 거면 좋잖아!
허미아	진정해. 그 사람 다시는 내 얼굴 못 볼 거야.
	라이산더와 나, 이제 여길 떠날 거야.
	라이산더를 만나기 전에는 천국이었는데, 195
	여기가 말이야, 아테네가 나한테.
	아, 그런데 내 사랑에 어떤 힘이 깃들었는지,
	라이산더는 천국을 지옥으로 바꿔버렸지.

라이산더	헬레나, 너한테 알려줄게 우리 계획을.
	내일 밤, 달의 여신 피비가 은빛 얼굴을	200
	거울 같은 물위에 비추는 그 순간,
	풀잎에 진주 이슬 맺히는 바로 그 순간—
	연인들이 도망치기 딱 좋은 시간이야—
	우리는 아테네 성문을 빠져나갈 거야.
허미아	그리고 너와 내가 자주 찾던 그 숲에서—	205
	우리 은은한 향내 나는 앵초 꽃밭에서
	달콤한 속 이야기를 나누곤 했잖아—
	거기서 라이산더와 내가 만나기로 했잖아.
	그리고 아테네에서 우리 눈을 돌리고,
	새로운 친구들과 낯선 이웃을 찾아보려고.	210
	안녕, 내 소꿉친구, 우릴 위해 기도해주길.
	그리고 행운이 드미트리어스를 네게 안겨주길.
	약속 지켜, 라이산더. 내일 밤이야, 그때까지
	우리 두 눈, 사랑에 굶주려 허기지겠지?
라이산더	꼭 지킬게, 허미아. [허미아 퇴장]
	헬레나, 잘 있어.	215
	너처럼 드미트리어스도 널 사랑하면 좋겠어. [퇴장]
헬레나	누구는 너무 행복하구나, 누구는 불행한데!
	아테네에서는 나도 쟤만큼 예쁘다고 난린데.
	그럼 뭐해? 드미트리어스는 그게 아니라는 걸.
	자기만 몰라, 저 빼고 모두가 아는 걸.	220

그 사람이 허미아 두 눈에 빠져 헤매는 거나,
내가 그 사람 매력에 흠뻑 빠진 거나.
사랑은 천하고 초라한 것도 상관없이
아름답고 고귀한 것으로 바꿔놓지.
사랑은 눈이 아니라 마음으로 봐,   225
그래서 날개 달린 큐피드는 장님인가 봐.
그 사랑의 신은 분별력도 전혀 없지,
날개는 있으나 눈이 없어 제멋대로지.
그래서 사랑은 어린아이 같다니까,
속아서 엉뚱한 선택을 하곤 하니까.   230
장난꾸러기 애들은 장난삼아 맹세해,
사랑의 꼬마도 아무렇게나 맹세해.
허미아 눈을 보기 전에는 드미트리어스도,
오직 나뿐이라고 우박같이 맹세를 퍼붓다가도
허미아의 뜨거운 열기를 느끼자마자,   235
그 사람도 소나기 같은 맹세도 녹아버렸잖아.
허미아 도망간다고 그 사람한테 알려줘야지.
그러면 내일 밤 숲으로 쫓아가겠지
허미아 찾아서. 오, 알려줘 고맙다
한마디 듣더라도 쓰라린 보상이다,   240
허미아 찾아 헤매는 그 모습을 볼 테니까,
그렇게 해서 내 고통만 키울 테니까.

2장

목수 퀸스, 가구장이 스너그, 직조공 보틈,
풀무 수선공 플루트, 땜장이 스나우트, 재단사 스타블링 등장

퀸스   모두 모였나?[7]

보틈   대본에 있는 대로 한 사람씩 쫙 불러봐.

퀸스   공작님 결혼식 날 밤 공작님 내외분 앞에서 연극 한 편 하려고 하는데, 온 아테네에서 가장 잘할 것 같은 사람들 명단이 여기에 있네.   5

보틈   우선 말이야, 피터 퀸스, 그 연극이 뭐에 대한 건지 알려주고, 그런 다음에 배우들 이름을 부르고, 뭐 그런 식으로 가야지 않겠나.

퀸스   그렇구먼, 우리 연극은 '피라머스와 티스비의 가장 비통한 희극, 가장 잔혹한 죽음'이라네.   10

보틈   아주 훌륭한 작품인데, 그럴싸해, 게다가 재밌을 것 같고. 자, 피터 퀸스, 명단에 있는 대로 배우들을 불러보게. 여보게들, 자, 자, 벌려보라고.

퀸스   그럼 부를 테니 대답들 하게. 직조공, 닉 보틈?

---

[7] 직공들의 대사는 대부분 산문으로 구성되어 있다. 신분이 낮은 인물의 대사나 코믹한 대사, 또는 일상적인 생활 대사 등에서는 흔히 산문이 사용된다.

보틈	여기 있네. 내가 맡은 배역부터 말해주고 다음으로 넘어가 게.	15
퀸스	닉 보틈, 자네는 피라머스 역이네.	
보틈	피라머스가 어떤 놈이지? 연인인가? 아니면 폭군?	
퀸스	연인이야, 자살하지, 아주 장렬하게, 사랑 때문에.	
보틈	진짜 제대로만 하면 눈물깨나 쏟게 만들겠는데. 내가 그 역 을 하면 말이야, 관객들은 눈알 빠지지 않게 조심해야 할 거 야. 내가 폭풍 같은 눈물을 쏟게 만들어줄 테니까, 나도 꽤나 슬퍼하면서 말이야. 자, 다음 순서로―근데 말이야, 내 기질 은 사실 폭군이 딱인데. 에라쿠라스[8]를 진짜 멋들어지게 연 기할 수 있다고, 아니면 모든 걸 갈가리 찢어 죽이며 사납게 울부짖는 역 같은 거 말이야.	20 25

분노하는 돌덩이들아
떨면서 두들겨라
자물쇠를 깨뜨려라
저 지옥문의,   30
그리하여 태양신의 마차여
저 멀리서 번쩍이며
달려와 물리쳐라 물리쳐
어리석은 운명의 여신들을.

---

[8] 헤라클레스를 잘못 발음한 것.

이 얼마나 장엄한 시인가 말이야. 자, 이제 나머지 배우들의   35
이름을 불러보게ー완전 에라쿠라스 감이야, 폭군 감이라니
까. 연인은 좀 더 애달프지.

퀸스   풀무장이 프란시스 플루트?

플루트   여기요, 피터 퀸스.

퀸스   플루트, 자네는 티스비 역이네.   40

플루트   티스비가 어떤 역인데요? 떠돌이 기사인가요?

퀸스   피라머스가 사랑하는 아가씨야.

플루트   안 돼요, 진짜, 여자 역할은 못 해요, 수염도 나기 시작했는데.

퀸스   문제 될 거 없네. 가면을 쓸 거니까, 그리고 최대한 작게 말
              하면 된다고.   45

보틈   얼굴을 가리는 거면 내가 티스비도 할게. 무지막지하게 작은
              소리로 하는 거야. '티스니, 티스니!'ー'오, 피라머스 내 님이
              여, 당신의 티스비, 당신의 여자랍니다.'

퀸스   안 돼, 안 돼, 자네는 피라머스야, 플루트 자네는 티스비고.

보틈   알았어, 계속하게.   50

퀸스   재단사 로빈 스타블링?

스타블링 여기요, 피터 퀸스.

퀸스   로빈 스타블링, 자네는 티스비의 엄마 역이네. 땜장이 톰 스
              나우트?

스나우트 예, 피터 퀸스.   55

퀸스   자네는, 피라머스의 아버지. 나는 티스비의 아버지. 가구장
              이, 스너그, 자네는 사자역이네. 자, 이제 다 됐군.

스너그	사자도 대사가 있나? 대사가 있는 거라면, 부탁인데 미리 좀 줘. 내가 통 외우는 데는 자신이 없어서.
퀸스	그냥 즉흥적으로 하면 되네. 으르렁거리는 거밖에 없거든. 60
보틈	내가 사자도 할게. 누구라도 들으면 간담이 서늘할 정도로 으르렁대줄 테니까. 공작님이 '저자가 다시 한번 으르렁대게 하라, 저자가 한 번 더!'라고 하실 만큼 으르렁거릴게.
퀸스	자네가 너무 무섭게 으르렁대서 공작부인과 귀부인들이 놀라 비명이라도 지르게 되면 우리 모두 교수형 감이네. 65
모두	맞아, 교수형 감이지, 우리 모두 다!
보틈	그렇다면, 여보게들, 귀부인들을 놀라 자빠지게 해서 정신줄 놓게 된 그분들이 우리 모두를 교수형에 처하게 할 거라면, 내 으르렁의 질을 좀 떨어뜨리겠네. 젖먹이 비둘기 새끼마냥 부드럽게 으르렁대겠네. 마치 꾀꼬리인 양 으르렁대겠 70 네.
퀸스	자넨 그냥 피라머스만 하면 돼. 왜냐하면, 피라머스는 얼굴도 잘생기고 한여름에 볼 것 같은 멋진 사내거든. 정말 사랑스럽고 신사다운 남자지. 그러니 자네만이 피라머스 역을 할수 있다네. 75
보틈	뭐, 그럼 내가 하겠네. 피라머스 역에는 어떤 수염이 가장 잘어울릴까?
퀸스	글쎄 뭐, 자네 맘대로 하게.
보틈	밀짚 색깔 수염, 오렌지 색깔 수염, 주홍빛 수염, 아니면 프랑스 금화처럼 샛노란 수염 다 가능하네. 80

퀸스	매독에 걸린 어떤 프랑스 대머리들은 금화처럼 맨들맨들 털
	이 하나도 없대. 그러니 자네도 그냥 맨얼굴로 나오게. 아무
	튼, 여보게들, 여기 각자의 쪽대본이네. 부탁하고, 애원하고,
	간청하는 바니, 내일 밤까지 다 외워 오시게. 그리고 마을에
	서 좀 떨어진 궁정 숲에서 만나 연습하기로 하지. 달 뜰 때쯤 85
	에. 거기서 연습해야지, 마을에서 했다가는 우리를 개떼같이
	쫓아다닐 거라고. 그러면 우리 계획도 다 들통날 테고 말이
	야. 그사이 난 우리 연극에서 필요한 소품 목록을 짜보겠네.
	자, 약속들 꼭 지키게.
보틈	좋아, 거기서 모여서 아주 음탕하고⁹ 아주 용감하게 연습하 90
	자고. 수고들 하게, 완벽하게 외워 오고. 잘 가게.
퀸스	공작님 떡갈나무 아래서 만나는 거야.
보틈	좋지. 약속 지켜, 아니면 잘라버릴 줄 알아.¹⁰

---

⁹ 원문 obscenely를 번역한 것인데, 아마도 식자공이 obscurely(은밀하게)를 잘못 표기
한 것 아닐까 추측하기도 한다. 하지만 엉뚱한 말을 끼워 맞추곤 하는 보틈의 특성상
문자 그대로 '음탕하게'라고 말해도 코믹할뿐더러 보틈답다고 할 수 있겠다.

¹⁰ 원문은 '활시위를 잘라버린다'(cut bowstrings)이다. 의미는 확실치 않으나 긴 활을 사
용하던 영국 병사들이 패했을 때 적들이 사용하지 못하도록 하기 위해 활시위를 잘랐다
는 데서 유래한 말일 것으로 추정한다. 즉, 무슨 일이 있어도 계획대로 실행하라는 의미
가 되겠다.

2막

A Midsummer Night's Dream

1장

한쪽에서는 요정이 다른 쪽에서는 로빈[11] 등장

로빈   안녕, 요정아? 어디 가니?

요정   언덕 넘고 골짜기 넘어

             덤불 뚫고 가시나무 지나

             사냥터 넘고 담벼락 넘어

             물 건너 불 지나,   5

             어디든 맘대로 간다네,

             달님보다 더 빨리 간다네.

             요정 여왕님 섬기러,

             풀잎에 이슬방울 달러.

             키 큰 앵초들은 여왕님의 시종들,   10

             황금 외투에 박힌 저 반점들,

             여왕님이 주신 루비라네,

             알알이 향기가 피어나네.

             어서 가서 이슬방울 찾아줘야지,

---

[11] 《한여름 밤의 꿈》의 사절판본과 이절판본 모두 로빈(Robin)과 퍽(Puck)으로 혼용하여 표기되고 있다. 하지만 모든 원작 판본의 지문에서 일단 "로빈 등장"으로 되어 있기에 그에 따라 로빈으로 표기한다.

앵초 귀에 진주 방울 달아줘야지.　　　　　　　　15

안녕, 시골뜨기 요정아, 난 갈 거야,

여왕님이랑 시중드는 요정들이 곧 올 거야.

로빈　　요정 왕이 잔치한대 오늘 밤 여기서.

왕한테 여왕이 안 보이게 해 조심해서,

오베론 왕이 머리끝까지 화가 났거든,　　　　20

여왕이 인도 왕에게서 훔쳤거든—

어여쁜 소년을 시동으로 삼으려고 말이야.

그렇게 예쁜 애를 가져본 적이 없는 거야.

샘이 난 오베론 왕이 온 숲을 뒤지고 있어,

그 아이를 자기 시종으로 만들고 싶어서.　　25

하지만 여왕은 억지로 그 애를 곁에 두고

화관을 씌워주며 유일한 낙으로 삼고 있다고.

그 통에 왕과 여왕은 숲이고 들판이고,

샘 옆에서건 별빛 아래서건 만나면 싸운다고.

그래서 요정들이 죄다 겁을 먹은 거야,　　　30

그래서 도토리깍정이 속에 숨어든 거야.

요정　　잘못 본 게 아니라면 틀림없이 너는

짓궂은 장난꾸러기 요정으로 유명한

로빈 굿펠로우일 거야, 그렇지?

시골 처녀들 놀라게 한 것도 너지?　　　　　35

우유를 휘젓거나 맷돌질에 껴들고,

그래서 쉴 새 없는 아낙네들 헛고생하게 하고,

술에서 누룩을 빼버리지 않나,

밤길 가는 나그네 자빠뜨리곤, 깔깔거리질 않나!

'도깨비 로빈'이니 '귀여운 퍽'이니 불러주는 사람한테는   40

일도 해결해주고, 행운도 안겨주는

그게 바로 너 아니니?

로빈   제대로 봤네.

나는야 즐거운 밤의 나그네.

오베론 왕의 광대, 웃기는 게 내 일이지.

암망아지로 둔갑해 히히잉 울어주지?   45

콩 배가 잔뜩 나온 수놈이 홀딱 넘어온다니까.

수다쟁이 할멈의 술 사발에도 숨는다니까—

구운 사과로 둔갑하면 감쪽같지.

할멈이 마시려는 순간 입술을 툭 치지,

늘어진 턱살에 술이 줄줄 흐르는 거야.   50

고상한 노파가 슬픈 얘길 줄줄 하는 거야—

세 발 의자로 위장하면, 내 위에 앉으려 하지,

살짝 빠져주면, 노파는 엉덩방아를 찧지,

어이쿠, 볼기짝이야! 소리치며 기침까지 한다고.

그걸 본 사람들은 웃음보를 터뜨리고,   55

좋아서 자지러져 재채기까지 하면서,

이런 재미는 난생처음이라면서.

자, 자, 이제 비켜, 요정아, 오베론 왕이 납신다.

요정   우리 여왕님도 오셔. 왕은 갔으면 좋겠다.[12]

오베론, 한쪽에서 시종들과 함께 등장. 티타니아, 다른 쪽에서 시종들과 함께 등장

오베론	달빛 아래서 오만한 티타니아를 만나다니.	60
티타니아	쳇! 샘 장이 오베론, 요정들아 가자!	
	저 이와는 동침도 상종도 않기로 맹세했단다.	
오베론	잠깐만, 이 못된 여자야! 내가 남편이잖아?	
티타니아	그럼 내가 부인이겠네. 하여간 뻔뻔해.	
	요정의 나라에서 슬며시 빠져나가	65
	목동 고린으로 둔갑해선 사랑스러운 필리다에게	
	하루 종일 보리피리를 불어주고,	
	사랑의 시를 속삭이고, 모를 줄 알아.	
	그 먼 인도에서 여긴 왜 와?	
	그래, 맞다, 당신의 군화 신은 정부,	70
	전사 애인, 용맹한 아마존 여왕이	
	테세우스와 결혼한다니까 온 거지? 첫날밤에	
	쾌락과 번성의 축복이라도 주려나?	
오베론	티타니아, 창피한 줄도 모르고 그런 말을 하다니!	
	히폴리타를 끌어들여 내 얼굴에 먹칠을 해?	75
	당신이 테세우스 좋아하는 거 다 알아!	
	어슴푸레한 밤, 테세우스를 꼬드겨 그자가	
	희롱하던 페리고나를 떠나게 하고, 아름다운	
	애글레스를 배신하고, 아리아드네와 안티오페를	

---

12 로빈과 요정의 대사는 모두 2행 연구로 되어 있다.

버리게 한 거 다 당신 짓이잖아? 80

티타니아 그건 다 질투가 꾸며낸 거짓말이야.

만나지도 못했어, 한여름부터는,

언덕이든, 골짜기든, 숲이든, 풀밭이든,

자갈밭 샘이든, 골풀 우거진 시냇가든―

혹 해변가에서 우리가 산들바람 가락에 맞춰 85

원무라도 출라치면 당신이 막춤을 추며

우리의 여흥을 엉망으로 만들었지.

피리 연주가 헛수고가 된 산들바람은 복수로

바다에서 독기 찬 안개를 빨아들였다가

대지에 토해냈어. 그러자 하찮은 90

강조차 오만하게 부풀어 올라

주변의 대지를 물바다로 만들었지.

소가 쟁기를 끈 것도, 농부가 땀 흘린 것도

헛수고가 되었고, 파릇한 곡식은

수염이 나기도 훨씬 전에 썩어버렸어. 95

물 잠긴 들판에 양 우리는 텅 비고,

병든 양들의 시체로 까마귀들만 살이 쪘지.

아홉 말 놀이[13] 놀이판은 진흙으로 덮이고,

미로같이 기묘한 놀이판 줄들은

---

[13] nine-men's-morris를 번역한 것이다. 이것은 두 사람이 각각 9개의 말을 가지고 하는 놀이로, 바닥에 장기판 같은 선을 그리고 게임을 한다. 한국식으로 '비석치기'나 '사방치기' 등으로 번역한다면 관객이 쉽게 상황을 이해할 수 있을 것이다.

무성한 풀밭에 파묻혀 분간할 수가 없지.   100
인간들은 겨울철 생기를 잃어서,
밤에도 찬송가나 캐롤의 축복이 없어.
그러자 조수를 관장하는 달님도,
분노로 파리해져 대기를 적시니,
온갖 관절염들이 창궐하게 됐다고.   105
이러한 기상 이변에 계절마저 엉망이야.
백발 서리가 막 피어난 진홍빛 장미 꽃잎에
떨어지고, 늙어빠진 동장군의 가냘픈
얼음 왕관 위에, 여름날 향기로운 꽃봉오리
화관이 조롱하듯 씌워졌지. 봄, 여름,   110
결실의 가을, 혹한의 겨울이
익숙한 제 옷을 바꿔 입자 당황한 세상은
점점 더 어느 계절이 어느 계절인지 몰라.
이런 온갖 재앙이 쏟아지는 건 바로
우리들의 다툼과 불화 탓이라고.   115
우리가 이 모든 것의 부모고 원인이야.

오베론   당신이 고치면 돼, 다 당신 때문이니까.
어떻게 티타니아가 오베론의 뜻을 거스르지?
기껏 업둥이 하나 내 시종으로
달라는데.

티타니아   그따위 생각은 집어치워!   120
요정 나라를 다 줘도 그 애는 안 돼!

그 애 엄마는 내 말이면 무조건 따랐어.

향신료 냄새 가득한 인도의 밤공기를

마시며, 내 곁에서 수다를 떨곤 했지.

바닷가 황금빛 모래사장에 나란히 앉아,　　　　　　125

바다 물결 타고 떠나는 상선의

불룩한 돛들을 가리키며, 바람둥이

바람 탓에 임신이라도 한 모양이라며 깔깔거렸지.

그때 그녀의 배에도 바로 그 아이가

들어서서 불룩했다니까. 헤엄치듯 예쁜 걸음으로　　　130

그 배를 흉내 내며 육지 위를 항해해

선물이라며 이것저것 주워 모아 돌아왔어.

마치 짐을 잔뜩 싣고 돌아오는 상선처럼.

하지만 인간인지라 출산 중에 죽고 말았지.

그래서 난 그녀를 위해, 그 애를 돌보는 거야.　　　　135

그래서 난 그녀를 위해, 그 애를 못 내놔.

오베론　　이 숲에는 얼마나 더 있을 거지?

티타니아　아마도 테세우스의 결혼식이 끝날 때까지.

우리랑 얌전히 원을 돌며 춤추고

달밤의 향연을 보려거든 같이 가.　　　　　　140

아니라면 피해주고. 나도 당신 피해줄 테니까.

오베론　　그 아이를 내게 줘, 그러면 같이 가지.

티타니아　요정 왕국을 준대도 못 줘! 요정들아, 가자!

또 싸우겠다, 더 있다간.

티타니아, 요정들과 함께 퇴장

오베론	흥, 가보라지, 이 숲을 떠날 수 있는지.	145
	이 수모의 대가를 치르기 전엔 어림없지.	
	내 착한 퍽, 이리로 오거라. 너 기억하니?	
	언젠가 내가 바닷가 언덕에 앉았는데,	
	한 인어가 돌고래에 올라타 너무도	
	감미롭고 아름다운 노래를 부르자,	150
	거친 바다도 얌전해지고 별들도 그 인어의	
	노래를 들으려 별자리에서 미친 듯이	
	뛰쳐나갔던 것 말이다.	
로빈	기억하고 말굽쇼.	
오베론	바로 그때 난 보았단다, 넌 아니겠지만,	
	완전무장을 한 큐피드가 차가운 달과 지구 사이를	155
	날아다니다가, 서쪽 왕좌의 아름다운 처녀 여왕¹⁴을	
	겨누더니 수십만의 심장이라도 꿰뚫을 듯	
	힘차게 사랑의 화살을 쏘았던 것을.	
	하지만 어린 큐피드의 불화살도	
	싸늘한 달님의 순결한 빛에 꺼져버렸지.	160
	그 처녀 여왕은 정숙한 명상만을 벗하며	
	사랑도 모른 채 세월을 보냈지.	
	하지만 난 봤단다, 큐피드의 화살이	

---

¹⁴ 독신이었던 엘리자베스 여왕을 의미한다.

떨어진 곳을. 서쪽 작은 꽃이었지.

우윳빛 하얀 꽃이 사랑의 상처로   165

금세 보랏빛이 되더군. 처녀들은 그 꽃을

'나른한 사랑 꽃'이라고 부른다지.

그 꽃을 꺾어와, 언젠가 보여줬잖아.

그 꽃 즙을 잠자는 눈꺼풀에 바르면,

남자든 여자든 미친 듯이 빠져들지,   170

자다 깨 처음 본 상대에게 말이야.

그 꽃을 가져와, 고래가 저만치

헤엄치기 전까지 속히 돌아오거라.

로빈   지구라도 한 바퀴 쏜살같이 돌고 옵죠.

사십 분 안에요. [퇴장]

오베론   그 꽃 즙만 있으면,   175

티타니아가 잠든 순간을 틈타

그녀 눈에 꽃 즙을 떨어뜨려 주는 거야.

그럼 그녀가 깨어나 처음 본 것이,

사자건, 곰이건, 늑대건, 황소건,

성가신 원숭이건, 수선스러운 잔나비건,   180

맹렬히 사랑에 빠져 쫓아다닐 거야.

그녀 눈에서 마법을 풀어주기 전까지—

다른 꽃으로 할 수 있거든—

그 시종 아이를 나한테 넘겨주게 해야지.

그런데 누구지? 난 사람 눈엔 보이지 않으니,   185

뭐라고 하는지 엿들어보자.

드미트리어스 등장, 뒤따라 헬레나 등장

드미트리어스   널 사랑하지 않아, 날 따라오지 마.

라이산더와 예쁜 허미아는 어디 있지?

한 놈은 내가 죽일 건데, 다른 하나가 날 죽이는구나.

이 숲으로 도망쳤다고 네가 그랬잖아.   190

근데 내 허미아는 어디에 있냐고?

숲으로 쫓아왔는데, 다 수포로 돌아가겠어.[15]

그러니까 좀 가버려, 제발 좀 오지 마.

헬레나   네가 날 끌어당기잖아, 넌 쇳덩어리 자석이야.

근데 네가 끌어당기는 건 쇠가 아니라, 철석같은   195

내 마음이야. 네가 당기는 힘을 먼저 놔,

그럼 나도 쫓아갈 힘을 잃게 될 거야.

드미트리어스   내가 널 꼬셨니? 말이라도 곱게 했어?

오히려, 까놓고 얘기하지 않았나?

사랑하지도 않고 사랑할 수도 없다고.   200

헬레나   그래서 난 널 더 사랑해.

난 네 발바리야, 드미트리어스,

때리면 때릴수록 너한테 더 꼬리 쳐.

---

[15] "wood within this wood"를 번역한 것이다. 'wood'를 가지고 말장난한 것인데, 당시에 wood라는 말에는 '화나다'(mad)란 의미가 있었다. '숲으로'와 '수포로'로 말장난을 시도해 번역하였다.

제발 발바리로 대해줘, 걷어차고 때려.

무시하고 모르는 체해. 하지만 허락만 해줘,   205

하찮은 몸이지만, 널 따라다닐 수 있게.

개 취급보다 더 비참한 사랑이

어디 있겠어? 그래도 나한텐 분에 넘쳐.

드미트리어스   더 이상 내 영혼 속에 증오를 불러일으키지 마.

널 보기만 해도 구역질이 날 거 같애.   210

헬레나   널 못 보면 헛구역질이 날 거 같은데.

드미트리어스   정숙해야 할 여자가 너무한 거 아니니.

외딴곳까지 쫓아와선 사랑하지도 않는다는

남자한테 제 몸을 맡기고 말이야.

뭘 믿고 이 으슥한 야밤에 네 소중한   215

처녀성을 맡기냐고, 이런 외진 곳에선

몹쓸 생각 일어나기 딱 좋은 거 몰라?

헬레나   착한 네가 있는데 무슨 걱정이니?

네 얼굴만 보면, 온 세상이 환해.

그러니까 나한텐 밤이 아니라고.   220

이 숲도 인기척 없는 외진 곳이 아니고.

넌 내게 이 세상 전부야.

온 세상이 이렇게 날 쳐다보고 있는데,

어떻게 내가 혼자 있다고 할 수 있겠어?

드미트리어스   너한테 도망쳐서, 덤불 속에 숨어버릴 거야,   225

맹수들 밥이 되든 말든 난 몰라.

헬레나	맹수들도 너처럼 냉정하진 않겠다.
	언제든 도망쳐. 그럼 이야기들이 달라지겠네.
	아폴로는 도망치고, 다프네가 쫓아다니고,
	비둘기가 독수리를, 연약한 암사슴이

비둘기가 독수리를, 연약한 암사슴이   230

호랑이를 쫓는다고. 그래 봤자 헛수고야.

약자가 뒤쫓고 강자가 도망치니까.

드미트리어스 너랑 더는 입씨름할 시간 없어, 저리 비켜.

그래도 쫓아오면, 나도 몰라, 너한테

어떤 무슨 몹쓸 짓 할는지 이 숲속에서.   235

헬레나 사원에서도, 마을에서도, 들에서도, 이미 벌써

나한테 못되게 굴었잖아. 드미트리어스,

너 그러는 거, 우리 여성에 대한 모독이다. 여자는,

남자처럼 사랑을 쟁취하면 안 되잖아.

여자는 구애받지, 구애하면 안 되잖아.[16] [드미트리어스 퇴장] 240

그래도 따라가야지, 사랑하는 사람이니까.

그래서 죽는다면 지옥 말고 천국이니까.[17] [퇴장]

오베론 안녕, 요정 아가씨! 숲을 떠나기 전까지,

그대가 피하고, 그놈이 애걸하게 해주지.[18]

[로빈 등장]

---

[16] do와 woo로 끝나는 각운을 '안 되잖아/ 안 되잖아'로 각운을 맞춰 보았다.

[17] hell과 well의 각운을 번역한 것이다.

[18] grove와 love의 각운을 번역한 것이다. 이후 오베론과 로빈의 대사는 2막 1장이 끝날 때까지 모두 2행 연구로 되어 있다.

	어서 와라 방랑자여, 꽃은 가져왔느냐?	245
로빈	예, 가져왔습죠.	
오베론	나한테 주겠느냐?	

둑이 하나 있는데, 백리향이 찰랑찰랑,
앵초 풀과 고개 숙인 제비꽃이 살랑살랑,
매혹적인 담쟁이덩굴, 감미로운 사향 장미에,
찔레꽃들이 덮고 있지 지붕처럼 그 위에.　　　　　250
밤이면 티타니아가 잠들곤 해 거기서,
흥겹게 춤추는 꽃들의 자장가를 들으면서.
거기서 뱀들은 반짝이는 허물을 벗지,
그걸로 요정들 잠옷도 만들 만하지.
그곳에서 이 꽃 즙을 티타니아 눈에 발라라,　　　255
흉측한 환상에 휩싸이게 해주리라.
너도 좀 가지고 이 숲을 뒤져 봐봐.
어여쁜 아테네 아가씨가 홀딱 빠졌는지 봐봐
못된 애송이한테. 발라줘 눈에다가.
하지만 명심하고, 처음 보는 상대가　　　　　260
반드시 그 아가씨가 되어야 한다.
아테네 옷차림이니 쉽게 알아볼 게다.
잘해, 그놈이 훨씬 더 좋아하도록.
그녀가 좋아하는 것 이상이 되도록.
첫닭이 울기 전에 돌아와야 한다.　　　　　　265

로빈	염려 마십쇼. 분부대로 하겠나이다. [모두 퇴장]

2장

티타니아, 요정들과 함께 등장

티타니아   자, 원을 그리며 춤추고 노래해라.

그리고 잠시 물러가 있으렴.

너희 몇은 사향 장미꽃 벌레를 잡고,

다른 몇은 박쥐들 날개를 떼어다

내 꼬마 요정들 외투를 만들어주고,   5

또 몇은 밤마다 울어대며 어여쁜

요정들 놀라게 하는 시끄러운 부엉이 좀

쫓아버리렴. 자, 이제 자장가를 들려다오.

그런 다음 각자 위치로, 난 좀 쉴 테니.

[티타니아 누우면, 요정들이 노래하고 춤춘다.]

혓바닥 갈라진 얼룩 뱀아   10

가시 돋친 고슴도치야, 꼭꼭 숨어라.

요정 1   사고뭉치 도롱뇽과 도마뱀아

우리 요정 여왕님껜 얼씬도 마라.

소쩍새야, 노래해다오,

감미로운 자장가, 자장자장.   15

잘도 잔다, 자장자장. 잘도 자네 자장자장.

합창 꼼짝 마라 해악아,

얼씬 마라 주술아, 마법아,

아름다운 여왕님 자장자장.

안녕히 주무세요, 자장자장. 20

거미줄 치는 거미들아 이리 오지 마.

꺼져버려, 긴 다리 거미들아, 꺼져버려.

까만 딱정벌레도 이리 오지 마.

벌레도 달팽이도 꺼져버려.

요정 2 소쩍새야, 노래해다오, 25

감미로운 자장가, 자장자장.

잘도 잔다, 자장자장. 잘도 자네 자장자장.

꼼짝 마라 해악아,

얼씬 마라 주술아, 마법아,

합창 아름다운 여왕님 자장자장. 30

안녕히 주무세요, 자장자장.

요정 1 저리들 물러가! 자, 이제 됐어.

한 명은 저 위에서 보초를 서.

[티타니아는 잠이 들고, 요정들은 퇴장.]

오베론 등장해서 꽃 즙을 짜 티타니아의 눈꺼풀에 바른다.

오베론 깨어나 무엇을 보든지

진정한 연인인 줄 착각하지,　　　　　　　　　　　35
그자를 사랑하고 갈망하지.
범이든 살쾡이든 곰이든
표범이든 털이 곤두선 멧돼지든,
그대가 잠에서 깨어나거든,
처음 본 것이 연인이 될 거거든.　　　　　　　　40
부디 흉측한 게 옆에 있기를 잠에서 깨거든. [퇴장]

라이산더와 허미아 등장

라이산더　피곤해 보이네, 숲에서 헤매니까.
솔직히 말해서 길을 잃은 것 같애.
너만 좋다면, 허미아, 우리 쉴까,
해 뜰 때까지 기다리면 좋을 거 같애.　　　　45

허미아　그러자, 라이산더, 잠자리를 찾아봐.
난 여기 둔덕을 베개 삼아 누울까 봐.

라이산더　풀더미 하나면 우리 둘 베개야.
한 마음, 한 침대, 두 가슴, 한 맹세야.

허미아　안 돼, 라이산더. 제발, 착하지,　　　　50
좀 더 떨어져. 너무 가까이 눕지 말지.

라이산더　아! 내 진심을 믿어줘, 딴 뜻은 없었어.
사랑하면 사랑하는 마음을 알 수 있어.
내 말은 마음과 마음을 맺었으니까,

	우리의 마음은 하나라는 뜻이라니까.	55
	두 마음이 하나의 맹세로 묶였다는 거야,	
	마음은 둘이지만 진실은 하나라는 거야.	
	그러니 네 곁에 눕는 거 거절하지 마.	
	옆에 누워도, 허미아, 허튼수작하지 않아.	
허미아	라이산더, 말도 아주 예쁘게 잘하네.	60
	내가 아주 못되고 오만하다고 욕해도 좋아	
	네가 허튼수작할 거라고 생각했다면 말이야.	
	하지만, 넌 점잖잖아, 사랑과 예절을 위해서	
	저만치 떨어져 누워. 인간적 도리로서,	
	요만큼은 떨어지는 게 좋지 않을까?	65
	우리는 건전한 처녀고, 총각이니까.	
	그러니 저리 누워, 잘 자, 내 사랑.	
	네 사랑이 변치 않기를, 죽을 때까지, 내 사랑!	
라이산더	아멘, 아멘! 나도 그렇게 기도할게.	
	제 사랑이 변할 땐 제 생명도 끝내주세요!	70
	여기서 잘게. 잠의 축복이 온통 네게 깃들길.	
허미아	그 소망의 절반은 기도하는 네 눈에 깃들길!	

[라이산더와 허미아, 잠이 든다.]

로빈 등장

로빈	숲속을 온통 다 뒤졌는데

아테네 사람은 흔적도 없는데.

누구 눈에 바르지 이 꽃 즙을?   75

알아봐야 하는데, 사랑을 불태우는 그 힘을.

밤은 깊고, 인기척 하나 없네! 누구지?

옷 입은 게 딱 아테네 사람이지?

오베론 왕이 말했던 그자야.

아테네 처녀를 괴롭혔던 바로 그놈이야.   80

여기 그 처녀도 곤히 잠들어 있네,

축축하고 더러운 땅바닥에.

가엾게도, 이 무정하고 무례한 놈 옆에

차마 눕지도 못했군.

[라이산더의 눈꺼풀에 꽃 즙을 바른다.]

나쁜 놈, 네 눈에 모조리 넣어주겠다,   85

이 마법이 지닌 온갖 효력을 말이다.

잠에서 깨어나면 상사병에 걸려라,

그래서 네 눈꺼풀이 잠들지 못하게 해라.

잠에서 깨어나라, 내가 떠나거든.

난 이제 오베론 왕께 가봐야 하거든. [퇴장]   90

드미티리어스와 헬레나, 뛰어 들어온다.

헬레나   디미트리어스, 기다려줘, 날 죽여도 좋으니까.

드미트리어스   꺼져버려, 나 좀 쫓아다니지 말라니까.

헬레나   오! 이렇게 캄캄한데 가버린다고? 그러지 마!

드미트리어스   난 혼자 갈 거야, 큰일 난다, 따라오지 마!

[드미트리어스 퇴장]

헬레나   아! 숨차 죽겠어, 바보처럼 쫓아만 다니니.   95

어떻게 기도할수록 축복이 작아지니?

허미아는 어디에 있든지 행복할걸.

매력적이고 예쁜 눈을 가지고 있는걸.

그 애 눈은 어찌 그리 빛나지? 눈물 탓인가?

아니야. 눈물은 더 자주 흘리는데, 내가.   100

아냐, 아냐. 난 곰처럼 못생겼잖아.

짐승도 날 보면 무서워 도망치잖아.

그러니 놀랄 일도 아니야, 드미트리어스도

날 보면 괴물을 본 양 달아나도.

내 거울은 얼마나 사악하고 위선적인지!   105

그러니 내 눈을 별 같은 허미아의 눈과 비교하지.

그런데 누구지? 라이산더가 땅바닥에!

죽었나? 자나? 피나 상처는 안 보이네.

라이산더, 괜찮니? 어서 일어나.

라이산더   [잠을 깨면서]

아름다운 널 위해서라면 불에라도 뛰어들겠어.   110

수정 같은 헬레나! 대자연이 조화를 부려,

네 가슴 밑 그 속마음이 훤히 보여.

드미트리어스는 어디 있지? 오! 사악한 이름아,

내 칼에 맞아 죽기 딱 좋은 이름아!

헬레나 그런 말 마, 라이산더. 하지 말라고.   115

허미아를 사랑하면 어떠냐고.

허미아는 너만 사랑하는데. 그러면 됐잖아.

라이산더 허미아로 됐다고? 전혀! 난 후회해,

걔하고 보낸 한순간 한순간이 지루해.

내 사랑은 허미아가 아니고 헬레나야.   120

까마귀를 어떻게 비둘기와 안 바꾸냐?

사람의 의지는 이성에 좌우돼,

그 이성이 네가 더 훌륭한 여인이래.

익으려면 제때가 되어야 하잖아?

나도 그래, 설익고, 판단력이 없었잖아.   125

이제야 성숙한 인간이 된 거고,

이성이 내 의지를 이끌게 된 거고,

네 눈을 보게 된 거야. 거기서 난 읽었어,

한 책 가득 적힌 사랑 이야기를 읽었어.

헬레나 내가 왜 태어나서 이런 놀림을 당하지?   130

내가 언제 이런 모욕당할 짓을 했지?

드미트리어스는 다정한 눈길 한번 준 적 없고,

앞으로도 그럴 텐데, 그거면 된 거 아니냐고?

그런데 너마저 날 조롱하고 싶니?

진짜 너무하다, 진짜 너무해.   135

어떻게 그렇게 모욕적으로 구애를 해?

어쨌든 잘 있어. 그래도 고백하는데,
네가 정말 점잖은 신사라고 생각했는데.
아! 여자 신세라니! 한 남자한테 거절당하더니,
또 다른 남자한텐 희롱당하다니. [퇴장]   140

라이산더 헬레나는 허미아를 못 봤어. 허미아,
거기서 자고, 내 곁에는 절대로 오지 마.
맛난 것도 너무 많이 먹으면 물리고,
위장도 받아들이길 끔찍이 싫어한다고.
사람들이 떠나가는 사이비 종교 역시   145
사탕발림에 넘어갔던 이들이 가장 혐오하지.
허미아 너도 질린 음식이고, 사이비 종교 같애,
모두가 싫어하는데, 내가 특히 싫어해.
내 모든 능력아, 네 사랑과 정열을 다 쏟아,
헬렌을 숭배하고, 그녀의 기사가 되어라! [퇴장]   150

허미아 [잠에서 깨며]
살려줘, 라이산더, 살려줘!
어서 이 뱀을 내 가슴에서 떼어내 줘!
너무나 끔찍해! 이게 무슨 꿈이지?
라이산더, 날 좀 봐줘, 얼마나 무서워하는지!
뱀이 내 심장을 막 뜯어 먹는 거야.   155
근데도 넌 웃으며 보고만 있는 거야.
라이산더! 어디 간 거야? 라이산더! 어디냐고?
안 들려? 아무 소리도, 아무 말도 안 들리냐고?

무서워, 어디야? 들리거든 대답 좀 해!
무서워 죽겠어, 사랑한다면 제발 말 좀 해!   160
대답 안 해? 그럼 넌 이 근처엔 없는 거야.
죽어도 널 꼭 찾아내고야 말 거야. [퇴장]

3막

A Midsummer Night's Dream

1장

퀸스, 보틈, 스너그, 플루트, 스나우트, 스타블링 등장

보틈   다들 모였나?

퀸스   딱, 딱 맞춰들 왔구먼. 여긴 진짜 우리 연극 연습하기에 안성
맞춤이네. 여기 풀밭이 무대고, 이 산사나무 덤불이 분장실
이다 생각하면서, 실제로 공작님 앞에서 하는 것처럼 제대로
해보는 거야.   5

보틈   피터 퀸스?

퀸스   왜, 보틈?

보틈   좀 꺼림칙한 게 있어, 이 피라머스와 티스비 희극에서 말이
야. 우선, 피라머스가 칼을 뽑아 들고 자살하는 장면인데, 이
건 귀부인들이 감당하기 어려울 거야. 어떻게들 생각하나?   10

스나우트   맙소사, 놀라 자빠질 거야.

스타블링   자살 장면은 빼는 게 낫지 않을까, 나중에라도 말이야.

보틈   천만에! 나한테 한 방에 해결할 묘안이 있네. 나한테 해설을
하나 써줘 봐, 그래서 미리 말해두는 거지, 아무 해가 없는
거라고, 칼로 찌르고 해도, 피라머스가 진짜로 죽는 건 아니   15
올습니다 하고 말일세. 거기다 더 확실히 하고 싶으면 또 말

해주는 거지, 나, 피라머스는 피라머스가 아니라 직조공 보
틈입니다 라고 말이야. 이렇게만 하면 아무도 무서워하지 않
을 걸세.

퀸스   좋아, 그런 해설을 써넣자고. 팔·육조[19]로 써 보겠네.   20

보틈   까짓거, 두 개 더 쓰게. 팔·팔조로 하자고.

스나우트   근데 귀부인들이 사자도 무서워하지 않을까?

스타블링   끔찍해, 무서워할 거야.

보틈   이보게들, 이건 좀 심각한 문제라고 보네. 귀부인들 앞에, 오
하나님 맙소사, 사자를 등장시켜? 생각만 해도 소름 끼치네.   25
살아있는 사자보다 더 무서운 맹수는 없으니까. 우리 정말
정신 바짝 차려야 한다고.

스나우트   그러면 해설을 하나 더 써서 진짜 사자가 아니라고 하는 거
야.

보틈   아닐세, 차라리 이름을 말하는 거야, 사자 목 밖으로 얼굴을   30
반쯤 내밀고 말이지, 이렇게 말하는 거야, 아니면 뭐 대충 비
슷하게. "숙녀 여러분," 또는 "아름다운 숙녀 여러분, 바라옵
건대," 아니면 "제발 부탁드리건대," 그것도 아니면 "간청하옵
건대 제발 놀라지 마시고, 떨지 마시길. 제 목숨은 여러분한
테 달렸습니다. 여러분께서 제가 진짜 사자라고 생각하신다   35
면, 제 목숨이 위태롭습니다. 전 결코 그런 짐승이 되지 못합
니다. 저도 다른 사람들처럼 그저 인간일 뿐이랍니다." 그러

---

[19]   원문에서는 8음절과 6음절의 시행이 교차하는 시형을 의미한다.

고 나선 자기 이름을 대는 거지, 솔직하게 저는 사실 가구 만
드는 스너그랍니다 라고 말하는 거지.

퀸스 좋아, 그러면 되겠네. 한데, 여전히 두 가지 어려운 문제가 40
있네. 그러니까, 어떻게 하면 방 안으로 달빛을 비추게 하느
냐는 거지. 자네도 알다시피, 피라머스와 티스비는 달빛 아
래서 만나지 않는가.

스나우트 달이 뜨나? 우리가 공연하는 날 밤에.

보틈 달력, 달력! 달력에서 그날 밤 달이 뜨는지 찾아봐, 얼른 찾 45
아보라고!

퀸스 [달력을 찾아보면서] 좋았어! 그날 밤 달이 뜨는군!

보틈 그럼 됐네. 우리가 공연을 하는 동안 창문을 열어두기만 하
면 돼. 그럼 창문을 통해 달빛이 들어올 거라고.

퀸스 좋아, 혹시 달이 안 뜨더라도, 가시나무 다발하고 등을 갖고 50
들어와서 말하는 거지. 자기가 변한 거라고, 그러니까 달님
역을 하는 거라고 말일세. 근데 문제가 하나 더 있네. 돌담이
있어야 해. 대본을 보면, 피라머스와 티스비가 돌담 틈으로
얘기를 하니까.

스나우트 돌담을 무슨 수로 들여와? 보틈, 자네 생각은 어떤가? 55

보틈 뭐, 누군가 돌담을 연기하면 되겠지. 그리고 그 사람보고 석
회 반죽이든 진흙 반죽이든, 아니면 석회와 자갈을 섞은 것
이든 간에 들고 들어오게 하면 돼. 돌담이란 걸 알리는 거지.
그리고 손가락을 이렇게 벌리고, 그 틈새로 피라머스와 티스
비가 속닥거리게 하는 거야. 60

퀸스	그렇다면, 이제 다 된 거군. 자, 이제 모두들 앉아서 각자의 역할을 연습하세. 피라머스, 자네부터 시작해 보게. 그리고 자네 대사를 마치면 저기 덤불 안으로 들어가 있고. 자, 자, 모두들 자기 대사 순서를 놓치지 않도록!

로빈, 뒤에서 등장

로빈	웬 촌놈들이 시끄럽게 떠들고 난리지,	65
	요정 여왕님 주무시는 침실 바로 옆에서?	
	뭐야, 연극을 하는 거야? 그럼 난 관객!	
	기회가 있으면 배우도 하고.	
퀸스	피라마스, 대사. 티스비는 앞으로 나오고.	
보틈	티스비, 냄새나는 꽃이여!	70
퀸스	냄새 아니고, 향기, 향기!	
보틈	오, 향기 나는 꽃이여!	
	그대 숨결도 향기롭구나! 내 사랑 티스비!	
	잠깐, 무슨 소리가! 잠깐만 여기 있어요.	
	곧 돌아오겠네. [퇴장]	75
로빈	이렇게 괴상한 피라머스는 처음 봤네. [퇴장]	
플루트	이제 내 차례인가요?	
퀸스	그래, 맞아. 그리고 명심하라고, 피라머스는 자기가 들은 게 무슨 소리인지 알아보러 나간 거고, 이제 곧 돌아올 거야.	
플루트	너무나도 찬란한 피라머스, 하얀 백합인가요,	80

무성한 덤불 위로 피어난 붉은 장미인가요,

너무나도 발랄한 청춘이여, 더없이 사랑스러운 보석이여,

결코 지칠 줄 모르는 진정한 말처럼 진실한 이여,

피라머스, 니니의 무덤에서 당신을 기다릴게요.

퀸스   나이너스의 무덤! 이 친구야. 그리고 그 대사는 아직이야, 피   85
라머스 대사 끝나면 해야지, 자기 대사라고 무턱대고 다 쏟
아내면 어떡하나. 자, 피라머스 등장! 자넨 늦은 거 알지? "진
정한 말처럼 진실한 이여"[20] 하면 바로 들어오라고.

플루트   아! 결코 지칠 줄 모르는 진정한 말처럼 진실한 이여!

로빈이 당나귀 머리를 한 보틈을 이끌며 등장

보틈   내가 만일 멋져 보인다면, 티스비, 난 오직 당신 것이오!   90

퀸스   오, 괴물이다! 이러하게 흉측할 수가! 귀신이다! 여보게들, 도
망치게, 어서, 사람 살려! [광대들 모두 퇴장]

로빈   졸졸 따라다니며, 이리저리 맴돌게 해야지,

늪으로, 수풀로, 덤불로, 찔레 사이로도!

때론 말이, 때론 사냥개가 돼봐야지,   95

돼지나, 머리 잘린 곰, 때론 도깨비불로도!

히힝, 멍멍, 꿀꿀, 으르렁대며 불장난도 쳐야지,

---

[20]   원문에서는 "결코 지칠 줄 모르는"이 보틈의 등장 큐이다. 하지만 우리말 어순 상
"진정한 말처럼 진실한 이여"가 해당 문장의 끝에 오게 되어 보틈의 등장 큐를 "진정한
말처럼 진실한 이여"로 바꾸어 번역한다.

말, 사냥개, 돼지, 곰, 도깨비불처럼 놀아봐야지. [퇴장]

보틈   왜들 달아나는 거지? 흥, 날 골려 주려고 다들 작당을 했구   100

면.

스나우트 등장

스나우트   오, 보틈! 자네가 괴물로 변했어. 자네 머리가 그게 무슨 꼴

인가?

보틈   꼴은 무슨 꼴? 흥, 자네 머리야말로 바보 당나귀 대갈통이 됐

나 보지, 그치? [스나우트 퇴장]

퀸스 등장

퀸스   이런 맙소사! 보틈, 원 세상에, 자네 변했다고! [퇴장]   105

보틈   네놈들이 장난치는 거 내가 모를까 봐. 날 바보 당나귀로 만

들어 골려 주려는 수작이잖아. 할 테면 해봐! 나는 꿈쩍도 않

을 테니. 여기서 왔다갔다하며 노래나 불러야지. 내가 두려

워하지 않는다는 걸 알게 될 거야.

> 시커먼 수컷 지빠귀 새야,   110
>
> 황갈색 부리를 가졌구나.
>
> 노래도 잘하는 개똥지빠귀 새야,
>
> 간드러지게 노래하는 굴뚝새도 있구나.

티타니아	[잠을 깨며] 어떤 천사가 꽃 침대에서 자고 있는 날 깨우는 걸
	까?

115

보튼   방울새, 참새, 종달새도,

지루하게 노래하는 회색 뻐꾸기도 재잘대네.

그 노래가 무슨 뜻인지 알면서도,

감히 '아니'라고 말할 사내 하나 없다네.

사실 말이지, 누가 그런 바보 같은 뻐꾸기한테 시비를 걸겠   120

어? 마누라 바람났다고 울어도, 누가 뻐꾸기한테 거짓말한다

고 난리 치겠냐고?

티타니아   부탁해요, 점잖은 분, 한 번 더 불러줘요.

내 귀는 당신 노래에 홀딱 빠졌고

내 눈은 당신 모습에 홀렸어요.   125

당신의 매력에 이끌려 첫눈에

사랑한다고 고백하고 맹세하게 하는군요.

보튼   아가씨, 그리 말씀하시니 그다지 제정신인 것 같지는 않군요.

하긴 뭐 까놓고 말해, 요즘 세상엔 제정신과 사랑이 동행하

는 법이 거의 없기는 하죠. 더욱 안타까운 건, 어떤 정직한   130

이웃도 그 둘을 화해시키려고 하지 않는다는 거고요. 아니

뭐, 나도 간혹 세상 정곡을 찌르는 말을 한다니까요.

티타니아   멋진 외모만큼이나 지혜롭기도 하시군요.

보튼   아니, 뭐 별로요. 이 숲속에서 빠져나갈 지혜라도 있으면 참

좋겠는데.   135

티타니아   이 숲에서 빠져나갈 생각일랑 말아요.

원하든 않든 여기 계셔야 해요.

나는 평범한 요정이 아니랍니다.

여름이 따라다니며 내 시중을 든답니다.

당신을 사랑해요, 그러니 가요 우리 함께.　　　　　　　140

당신을 섬길 거랍니다, 요정들이 함께.

심해에서 보물을 가져다드리고,

꽃밭에서 잠들면 노래를 불러주고.

난 당신한테서 인간의 껍질을 벗겨낼게요,

공기 같은 정령으로 만들어 드릴게요.　　　　　　　145

콩꽃! 거미집! 나방! 겨자씨야!

콩꽃, 거미집, 나방, 겨자씨 요정 등장

콩꽃　　네네!

거미집　　　　네네!

나방　　　　　　네네!

겨자씨　　　　　　　네네!

넷 모두　　　　　　　　어디로 모실까요?

티타니아　　친절하고 공손하게 이분을 모셔라.

옆에서 춤도 추고, 앞에서 재주도 부리렴.

살구와 검은 딸기를 드시게 하렴.　　　　　　　150

자줏빛 포도, 초록 무화과, 오디를 드시게 하렴.

땅벌에게선 꿀주머니를 훔쳐 오렴.

땅벌 허벅지 기름으로 양초를 만들럼.

그래서 불타는 개똥벌레 눈에 비추럼.

그래서 내 님을 침실로 모시럼.   155

형형색색 나비에게서 날개를 뽑아 오럼

그걸로 졸린 내 님 눈에서 달빛을 가리럼.

머리를 조아리고, 정중히 모시럼.[21]

콩꽃   안녕, 사람 나리!

거미집   안녕!

모기   안녕!

겨자씨   안녕!

보틈   진짜 실례하오만, 댁들 이름이 뭐요?   160

거미집 거미집이요.

보틈   앞으로 우리 좀 더 친하게 잘 지냈으면 좋겠소, 거미집 님.
         손가락이라도 베이면 감히 신세 좀 지리다. 그리고 신사 양
         반, 당신은 이름이?

콩꽃   콩꽃이요.   165

보틈   부탁인데, 당신 어머니 완두 꼬투리와 아버지 완두 꼬투리
         님한테 안부 좀 전해주시오. 콩꽃 양반, 당신하고도 더 친하
         게 지냈으면 좋겠소. 당신 이름은, 실례지만, 선생?

겨자씨 겨자씨랍니다.

보틈   겨자씨 선생, 참을성이 대단하다는 거 잘 알고 있소. 저 거대 170

---

[21] 원문에서는 이 티타니아의 대사에서 첫 행을 제외하고는 모든 행이 [-iː]로 각운이
형성되어 있다. 본 번역에서는 '럼'으로 각운을 만들어보았다.

한 소고기들이 당신네들을 참 많이도 발라먹었죠. 내 분명히
말하는데, 당신네들 때문에 내가 눈물깨나 흘렸소. 자, 우리
앞으로 더 친하게 지냅시다, 겨자씨 선생.

티타니아 자, 애들아, 이분을 내 나무 그늘로 모셔야지.
달님이 눈물을 머금는 것 같구나.   175
달님이 울면 온갖 작은 꽃들도 같이 울지.
순결을 강요당해 한탄하는 것 같구나.
자, 내 님의 혀를 묶어서, 조용히 모셔 오거라. [모두 퇴장]

2장

오베론 등장

오베론   궁금하구나, 티타니아가 깼는지.
         깼다면 처음 보게 된 것이 무엇이든
         그것에 아주 홀딱 반해 있을 게다.

로빈 등장

         여기 오는군. 어떻게 됐느냐, 내 미친 요정아?
         요정한테 홀린 이 숲에 밤새 무슨 일이 있었느냐?   5

로빈   여왕님께서 괴물과 사랑에 빠지셨습니다.
         은밀하고도 성스러운 나무 그늘 가까이에서요
         여왕님께서 한가롭게 주무시고 계셨지요.
         그때 한 무리의 어중이떠중이 직공 놈들,
         아테네 장바닥에서 날품팔이 하다가들,   10
         한꺼번에 모여들어 연극 연습을 하더군요,
         테세우스 공작의 결혼 축하 공연이라나요.
         그 아둔한 놈들 중에서도 제일로 못난 놈이

아주 가관이더군요, 피라머스를 연기하는 것이.

그자가 퇴장해선 숲속으로 들어왔죠.   15

그래서 바로 이때다 싶었죠.

당나귀 대가리를 씌웠습니다, 그자 머리 위에.

잠시 후 티스비 대사에 대꾸하기 위해

그 당나귀 괴물이 등장하자, 모두들—

마치 기어 오는 사냥꾼에 놀란 야생 오리들,   20

또 총소리에 놀라 난리법석 피우고

이리저리 미친 듯이 하늘을 휩쓸고

꽁지 빠지게 달아나는 까마귀들인 것처럼—

그자를 보고선 도망쳤습니다, 홀린 것처럼.

제 발소리에 여기저기서 넘어지고 자빠지고,   25

살려달라 외치고, 도와달라 소리지르고.

지혜는 없는데 겁은 많아서,

감각 없는 초목까지 놈들을 희롱해서

찔레와 가시나무가 옷들을 잡아챘죠,

소매며, 모자며, 아예 홀딱 벗겼죠.   30

혼비백산한 그놈들은 거기에서 쫓아냈고요,

변신한 피라머스는 거기에다 남겨놓았고요.

바로 그 순간, 티타니아 님께서 잠에서 깨셨습니다.

그러곤 곧바로 당나귀와 사랑에 빠지셨습니다.

오베론   훨씬 더 잘 되었구나, 계획했던 것보다.   35

그 아테네인 눈에도 발라놨겠지, 사랑의 꽃 즙 말이다?

	내 명대로 그것도 조처했겠지?	
로빈	그자가 잠든 틈에, 끝냈습죠, 그 일까지.	
	아테네 처녀도 그 옆에서 자고요.	
	그자가 잠에서 깨면 꼭 볼 거고요.	40

드미트리어스와 허미아 등장

오베론	숨어라, 이 자가 바로 그 아테네 청년이다.	
로빈	여자는 맞는데, 남자는 아닙니다.	
드미트리어스	아! 이처럼 사랑하는 사람을 왜 싫어해?	
	그렇게 못된 말은 못된 원수에게 해.	
허미아	지금도 욕해주고 있지만, 더 들어.	45
	넌 내게 저주받을 짓을 했어.	
	잠자는 라이산더를 네가 죽였잖아.	
	기왕 핏물에 적신 거, 아예 마시고 싶잖아.	
	나도 죽여!	
	나랑 라이산더는 태양이 한낮에 뜨는 것보다	50
	더 진짜야. 그런데 라이산더가 달아났다?	
	허미아가 잠든 사이에? 그걸 믿으라고?	
	차라리 지구에 구멍이 뚫리고	
	달님이 그 구멍으로 지구 반대쪽을 비춰서	
	해님을 불쾌하게 했단 말을 믿겠어.	55
	라이산더는 네가 죽인 거야 분명해.	

너 살인자처럼 보여, 무섭고 끔찍해.

드미트리어스 살해당한 자겠지, 내 심정이 그러니까.

네 잔인한 말이 내 심장을 꿰뚫었으니까.

하지만 날 죽인 넌 눈부시게 찬란해.   60

자신의 궤도에서 빛나는 저 샛별 같애.

허미아 라이산더와 무슨 상관이냐고? 라이산더 어디 있지?

아! 착한 드미트리어스, 그 사람 돌려줄 수 있지?

드미트리어스 차라리 놈의 시체를 사냥개한테 던져주고 싶은데!

허미아 개 같은 놈! 똥개 같은 놈! 여자라도 참는 데   65

한계가 있어. 그래서 그 사람 죽인 거야?

이제부터 너는 사람도 아니야.

오! 한 번만 사실대로 말해줘, 날 위해서.

라이산더가 깼을 땐, 감히 쳐다보기나 했겠어?

근데 자는 동안에 죽였다고? 어쩜 그리 용감할까?   70

뱀이나, 독사라면 그럴 수 있었을까?

그래 독사가 맞네. 독사나 너나

갈라진 혓바닥으로 속이긴 마찬가지잖아.

드미트리어스 오해야, 엉뚱한 데 화를 내고 있다고.

나는 라이산더를 죽이지도 않았고,   75

그는 죽지도 않았다고, 믿어줘.

허미아 제발 그 사람 무사하다고 말해줘.

드미트리어스 그럼 넌 나한테 뭘 해줄 거야?

허미아 더 이상 날 안 보는 특혜를 줄 거야.

| | 끔찍한 너한테서 나도 떠날 거거든. | 80 |
| | 날 찾지 마, 라이산더가 죽었든 살았든. [퇴장] | |

드미트리어스　저렇게 화났을 땐 쫓아가야 소용없어.

여기서 잠시만 쉬어야지 별수 없어.

파산한 잠이 슬픔에게 진 빚더미 때문에,

슬픔의 무게가 점점 더 무거워지네.　　　　　　　85

이제 잠이 그 빚을 좀 청산케 해보자.

여기 잠시 머물면서 잠을 좀 청해보자.

[누워 잠든다.]

오베론　무슨 짓을 한 거냐? 이런 실수를 하다니.

사랑에 빠진 자에게 사랑의 꽃 즙을 바르다니!

잘못된 사랑을 바로잡는 대신에　　　　　　　　90

진정한 사랑이 뒤집혔구나, 네 실수 탓에.

로빈　운명 탓이죠. 한 사람 빼곤 죄다 거짓말쟁이죠,

그러니 맹세란 깨지기 마련이죠.

오베론　바람보다 더 빨리 뛰며 숲을 뒤져라,

그래서 아테네의 헬레나를 찾아라.　　　　　　　95

상사병에 걸려 얼굴은 창백하고

사랑의 탄식으로 싱싱하던 피도 말라버렸고.

무슨 수를 쓰든 그녀를 데려와야 한다.

나는 미리 그자 눈에 마법을 걸어놓겠다.

로빈　갑니다, 가요! 보세요, 제가 가는걸요.　　　　　100

타타르인의 화살보다 더 빨리 가는걸요. [퇴장]

오베론	큐피드의 화살을 맞아
	보랏빛으로 물든 꽃 즙아,
	이자의 눈동자에 스며들어라.
	[드미트리어스의 눈에 꽃 즙을 떨어뜨린다.]
	일어나 너의 연인을 보아라. 105
	그러면 그녀는 찬란히 빛나리라
	저 하늘 샛별 같으리라.
	깨어나거든 그녀 옆에 있거라,
	그리고 그녀의 사랑을 애걸하거라!²²

로빈, 다시 등장

로빈	요정 대장님, 제가 왔습니다. 110
	헬레나도 여기 근처에 와 있습니다.
	제가 착각한 그 젊은이도 오고요.
	사랑의 대가를 애걸복걸하면서요.
	그들의 어리석은 짓거리 좀 보실까요?
	인간들이란 어찌 그리 바보들일까요! 115
오베론	비켜 서 있자! 저들이 떠들면서
	드미트리어스가 깰지도 모르겠어.

---

²² 원문에서 오베론의 이 대사들은 모두 'y'로 각운을 맞추고 있다. 어느 행에서는 [-ai],
또 어느 행에서는 [-i]로 발음되지만 모든 행이 'y'로 끝난다. 번역에선 [ㅏ]로 각운을 맞
추어 보았다.

로빈	이제 두 녀석이 동시에 한 여자를 사랑하겠네요.
	그것만으로도 틀림없이 볼거리가 될 거예요.
	제일로 재밌어요 나는 이런 게, 120
	엉망진창 뒤죽박죽 이런 거 보는 게.

오베론과 로빈은 비켜 서 있고, 라이산더와 헬레나 등장한다.

라이산더	내 사랑을 왜 조롱이라 생각하지?
	조롱과 조소는 울면서는 못한다고.
	맹세하는 날 봐, 울면서 하고 있지?
	울면서 하는 맹세는 진실한 법이라고. 125
	어떻게 이런 내 행동들이 조롱이야?
	내 맹세가 진짜라는 증표란 말이야.
헬레나	어쩜 그렇게 점점 더 영악하게 조롱하니?
	진실이 다른 진실을 죽이니,[23] 악하고도 성스러운 싸움이네.
	허미아한테 맹세했잖아. 그녀를 버릴 작정이니? 130
	네 맹세들의 무게를 달아보면 영이겠네.
	두 여자한테 한 네 맹세는 무게가 똑같을 거야.
	둘 다 빈말뿐이어서 공기처럼 가벼울 거야.
라이산더	허미아에게 맹세할 땐 판단력이 없었어.
헬레나	허미아를 포기하는 지금도 판단력이 없어. 135

---

[23] 라이산더의 허미아에 대한 사랑의 맹세와 라이산더의 헬레나에 대한 사랑의 맹세가
서로 모순되는 상황을 의미한다.

라이산더   드미트리어스는 허미아를 사랑해, 너 말고.

드미트리어스   [잠에서 깨어나며]

오 헬렌![24] 완벽하고 신성한 여신, 요정이여!

그대 눈을 무엇과 비교할까, 오, 내 사랑이여,

수정도 진흙 같구나. 아, 붉은 입술아,

입 맞추는 앵두처럼 날 유혹하는구나.   140

동풍에 흩날리는 토로스 산 순백의 눈도,

그대 손에 비하면, 시커먼 까마귀일 뿐이고

오, 이 순백의 공주에게 입 맞추게 해주오.

축복의 언약이 되게 해주오.

헬레나   지랄! 염병! 다 알아, 너희들 짠 거,   145

재미 삼아 날 골려 주기로 작정한 거.

너 예의 바르고 정중한 사람, 맞지?

그럼 나한테 이렇게 상처 주면 안 되지.

날 미워하는 건 아는데, 이렇게밖에 못하니?

둘이서 짜고 날 조롱하니 좋으니?   150

네가 사나이 대장부라면―겉모습은 그래 보인다―

숙녀를 이렇게 대하진 않아.

사랑을 맹세하고, 내 외모를 마구 칭찬하데?

---

[24] 헬레나는 그리스 신화에서 궁극의 미인으로 표현되는 헬렌으로 반복해서 불린다. 의도적으로 셰익스피어는 사랑을 받지 못하는 헬레나에게 흔히 아름다운 미녀에게 주어지는 온갖 덕목(하얀 피부, 늘씬한 키, 착한 심성, 남성에 대한 순종 등)을 부여하고 모두의 사랑을 받는 허미아한테는 당시 사회에서 흔히 배척되던 여성적 특징들(검은 피부, 작은 키, 도전적 성격 등)을 부여한다.

속으로는 날 미워하는 거 나도 아는데?

너희 둘이서 허미아의 사랑을 위해 경쟁하더니   155

이젠 둘이서 헬레나를 조롱하며 경쟁하니?

참으로 훌륭하네, 너무나 사내답네.

가엾은 처녀 눈에서 눈물을 다 짜내시네.

고상한 부류라면 그러지 않는다고.

재미로 가엾은 처녀를 모욕하고   160

인내심을 쥐어짜며 상처 주지 않는다고.[25]

라이산더 못됐구나, 드미트리어스, 그러지 마라.

넌 허미아를 사랑하잖아. 너도 알고, 나도 알아.

그러니 여기서 기꺼이 진심으로

허미아에 대한 내 지분을 너에게 양보하려고.   165

대신 헬레나에 대한 네 지분은 나에게 양도해.

난 헬레나를 사랑해. 죽어도 사랑해.

헬레나 조롱을 해도 이렇게 터무니없이 해야 해?

드미트리어스 라이산더, 허미아는 네 거야. 난 아니지.

한때 허미아를 사랑했지만, 그건 다 사라졌지.   170

내 마음은 손님처럼 그냥 잠시 머문 거야.

지금은 헬렌에게, 고향에 돌아온 거야.

난 거기에 머물 거야.

라이산더   헬렌, 그렇지 않아.

---

[25] 헬레나의 이 대사 속에서 다른 행들은 2행씩 각운을 맞추는 소위 2행 연구로 되어 있는데 끝부분의 3행은 3행 연구로 되어 있다.

드미트리어스 아무것도 모르면서 진심을 헐뜯지 마.

자칫 비싼 대가를 치를 수 있다고.   175

봐! 저기 네 애인이네, 저기에 오고 있다고.

허미아 등장

허미아 캄캄한 밤 때문에 눈의 감각이 둔해지니까,

귀는 더욱더 예민해지는구나.

보는 감각이 손상되는 대신에,

듣는 것은 두 배나 더 민감해지네.   180

라이산더, 널 찾아낸 건 내 눈이 아니야.

고맙게도 내 귀가 네 목소리에게 날 데려온 거야.

근데 너 어떻게 날 혼자 두고 갈 수 있어?

라이산더 사랑이 떠미는데 어떻게 머물러?

허미아 대체 어떤 사랑이 내 곁에서 널 떠밀어?   185

라이산더 라이산더의 사랑이 네 곁에서 날 떠밀어.

헬레나에 대한 사랑도―저 멀리 반짝이는,

별들보다 눈부시게 밤하늘을 비추는!

근데 왜 날 찾아? 이래도 모르겠어?

너에 대한 미움이 떠나라고 날 떠밀어!   190

허미아 마음에 없는 소리 하지 마. 그럴 리 없잖아.

헬레나 저것 봐! 허미아도 한패잖아.

이제 알겠어, 셋이서 함께 짰네.

이런 못된 장난으로 날 괴롭히려는 거네.

허미아 너 나빠! 인정머리라곤 눈곱만큼도 없어.　　　　195

다 네가 꾸민 거지, 이 두 사람과 같이 짜서,

이 역겨운 짓거리로 날 조롱하려는 거지?[26]

우리 둘이서 함께했던 그 모든 은밀한 것들─

자매로서의 맹세, 성질 급한 시간이

우리 둘을 갈라놓는다고 원망했던 순간들─　　　　200

아, 이 모든 걸 다 잊은 거니?

학창 시절의 우정, 어린 시절의 천진함도?

우린, 허미아, 마치 솜씨 좋은 두 여신처럼,

같은 방석에 앉아, 같은 자수 본에,

같은 꽃 한 송이를 수놓지 않았니?　　　　205

둘이서 같은 노래를 같은 음조로 불렀지.

마치 우리의 손, 몸통, 목소리, 마음이

하나가 된 것처럼. 그렇게 우린 함께 자랐어,

쌍둥이 딸기처럼. 갈라진 듯 보이지만

칸막이가 있을 뿐, 사실은 하나인,　　　　210

같은 줄기에 열린 사랑스러운 두 딸기.

그렇게 두 몸, 한마음이었다고.

방패 위 문장 속의 마주보는 두 문양처럼

둘로 나뉘어도 하나로 합쳐졌다고.

---

[26] 이 행에서부터는 감정이 격해지면서 각운 맞추는 것이 중단된다.

그런데 오랜 우정을 찢어버리고 남자들과   215
합세해 불쌍한 네 친구를 조롱해?
그건 친구다운 것도, 여자다운 것도 아니야.
나뿐만 아니라 우리 여성들이 널 비난해,
비록 상처 입는 건 나 혼자지만.

허미아   놀랬다, 원래 그렇게 열정적이었니?   220
내가 널 비웃는 게 아니야. 네가 날 비웃어.

헬레나   네가 날 조롱하려고 라이산더랑 짜지 않았니?
날 쫓아다니고, 내 눈과 얼굴을 칭찬하라고.
그리고 네 또 다른 연인, 드미트리어스,
조금 전만 해도 날 발로 찼었던 그 사람한테도   225
나를 여신이니 요정이니, 신성하고, 귀하고,
보물 같고, 천사 같다고 부르게 했잖아?
아니면 왜 그러겠어, 미워하는 여자한테?
아니면 왜 라이산더가 사랑하는 널 저버리고,
나한테 ㅡ 기가 막혀서 ㅡ 사랑을 고백해?   230
네가 다 짜고, 하라고 한 게 아니면?
너만큼 사랑받은 적도 없고 사랑한다고
매달리는 사람도 없고, 운도 없고, 비참하게
짝사랑이나 하지만, 그게 뭐 어쩌라고?
넌 그걸 동정해야지, 경멸할 게 아니라.   235

허미아   무슨 말을 하는 건지 모르겠다.

헬레나   오, 그래. 계속해봐, 슬픈 표정을 지으며,

내 등 뒤에서 입술을 삐죽거리고,

서로 눈짓을 하면서 신나게 날 조롱해.

이 짓거리, 잘만 하면, 역사에도 길이 남겠네.   240

연민이나 인정이나 예의가 조금이라도

있다면, 날 이렇게 웃음거리로 만들진 못해.

어쨌든 잘 있어. 내 잘못도 있으니까.

죽든지 없어지면 금방 다 해결돼.

라이산더 기다려줘, 헬레나, 내 말 좀 들어줘!   245

내 사랑, 내 생명, 내 영혼, 아름다운 헬레나!

헬레나 오, 잘들 논다!

허미아 라이산더, 헬레나를 그렇게 놀리지 마!

드미트리어스 [라이산더에게]

간청해서 안 되면, 강제로 못하게 해주지.

라이산더 허미아의 간청이나 네 협박이나 다 안 돼.   250

네 협박은 허미아의 간청만큼이나 허약해.

헬렌, 난 널 사랑해, 죽도록 사랑해.

맹세해, 증명할 거야, 목숨 걸고, 내 사랑이

거짓이라는 놈이 있으며, 그게 아니라고.

드미트리어스 [헬레나에게]

저 녀석보다 훨씬 더 사랑해 널 내가.   255

라이산더 그래? 그럼, 칼을 뽑아, 그리고 증명해!

드미트리어스 좋아, 어서 덤벼!

허미아   라이산더, 어쩌려고? [라이산더를 붙잡는다.]

라이산더   비켜, 이 검둥이 년아!

드미트리어스   이런, 이런, 아저씨, 포기하세요,

　　　　　발버둥치는 척, 따라오는 척.　　　　　　　　　　　　　　260

　　　　　오지도 못할 거면서. 겁쟁아 꺼지세요!

라이산더   떨어져! 고양이, 밤송이 같은 년아, 놔!

　　　　　안 그러면, 뱀처럼 내던져 버린다.

허미아   왜 이렇게 사나워졌어? 왜 이렇게 변했어,

　　　　　사랑하잖아?

라이산더　　　　　　　　사랑? 꺼져, 까무잡잡한 타타르 년아!　　　265

　　　　　꺼지라고, 역겨운 년아! 독약 같은 년아!

허미아   웃기려고 그러는 거니?

헬레나　　　　　　　　　　　　　그래, 맞네, 웃기고들 있네.

라이산더   드미트리어스, 너한테 한 약속은 꼭 지킨다.

드미트리어스   각서라도 써주든지. 가냘픈 여인한테도

　　　　　붙잡혀 있으니 네 말은 신용 못해.　　　　　　　　　　270

라이산더   뭐, 차고 때리고 죽이기라도 하란 말이냐?

　　　　　아무리 미워해도 상처를 내진 않아.

허미아   뭐, 미움보다 더 큰 상처가 있겠니?

　　　　　내가 미워? 왜? 맙소사! 도대체 무슨 일이야?

　　　　　난 허미아가 아니고, 넌 라이산더가 아닌가?　　　　　275

　　　　　난 전과 다름없이 지금도 예쁘잖아.

　　　　　밤새 날 사랑했는데, 밤이 가기도 전에 날 버렸어.

　　　　　그래, 넌 날 버렸어. 아, 말도 안 돼!

너 진심으로 그러는 거야?

라이산더   그럼, 맹세코,

널 다시는 보고 싶지 않아.   280

그러니까 버려, 희망도. 의문도, 의심도.

명심해, 이보다 더 진심일 수 없어. 농담 아니야.

난 널 증오해, 그리고 헬레나를 사랑해.

허미아 아! 이 사기꾼 년! 꽃을 갉아먹는 벌레 같은 년!

사랑을 훔친 년! 밤에 몰래 기어 와서,   285

라이산더의 마음을 훔친 거지?

헬레나   잘한다.

넌 예의도, 처녀로서의 부끄러움도 없고,

창피함이라고는 손톱만큼도 없지? 내 얌전한 입에서

기어이 험한 말이 쏟아지게 할 거니?

저런, 어째, 요 사기꾼, 땅꼬마야!   290

허미아 땅꼬마! 그래서 뭐? 아하, 그거였구나?

이제 알겠네, 우리 둘의 신장 차이를 이용했어.

맨날 키 크다고 자랑질하더니,

높으신 신분으로, 늘씬한 신분²⁷으로,

멀대같이 큰 키로, 맙소사, 라이산더를 유혹했어.   295

네가 너무 커서 그 사람이 너무 좋아하디?

---

²⁷ 원문에서는 사회적으로 높은 신분에 있거나 명망 있는 인물을 뜻하는 'personage'라는 표현을 사용함으로써 신장의 크고 작음을 사회적 신분과 연계에서 표현하고 있다. 이를 번역에서도 반영하고자 하였다.

나는 너무 난쟁이 같고, 너무 낮은데?²⁸

내가 얼마나 낮은데, 이 분칠한 꺽다리야?

내가 얼마나 낮은데? 그렇게 낮진 않아,

내 손톱으로 너 할퀴지도 못할 만큼은 아니야!　　　　　300

헬레나　제발 부탁이야, 날 놀려도 좋은데,

애 좀 말려줘. 난 이런 거 못 견뎌.

난 심술도 전혀 부릴 줄 모르고

그냥 겁 많은 평범한 여자라고

쟤가 날 못 때리게 해줘. 나보다 낮으니까,　　　　　305

내가 쟬 감당할 수 있다고, 너희들

생각할지 모르겠는데ㅡ.

허미아　　　　　　　　낮다고? 또 그 소리!

헬레나　허미아, 나한테 그렇게 성내지 마.

내가 널 얼마나 사랑했니, 허미아.

항상 비밀도 지켜줬고, 잘못한 것도 없잖아.　　　　　310

하나만 빼고, 드미트리어스한테 빠져서,

너희가 이 숲으로 도망친다고 이른 거.

그 사람은 널, 난 그 사람을 따라왔어, 사랑 때문에.

하지만 그 사람은 날 꾸짖고, 위협했어,

28　단순히 작다는 표현이 아니라 '낮다'(low)는 표현을 사용함으로써 키와 사회적 신분을 연결시키고 있다. 본 번역에서도 배우가 손동작을 하면서 '낮다'는 표현을 반복하는 것이 재미있을 것 같아 통상의 '작다'는 번역 말고 '낮다'는 번역을 선택하였다. 하지만 원문의 'little' 등에 대해서는 '작다'로 일반적인 번역을 하였다.

	때리고, 차고, 심지어 죽인다고 말이야.	315
	그러니 이제 날 조용히 가게 해줘.	
	내 어리석은 사랑을 품고 아테네로 돌아갈 거야.	
	널 더 이상 쫓지도 않을 거고. 날 보내줘.	
	잘 알잖아, 내가 얼마나 단순하고 바보인지.	
허미아	그래 가버려! 누가 붙잡니?	320
헬레나	어리석은 사랑은 여기 남겨두고 갈게.	
허미아	뭐? 라이산더한테?	
헬레나	드미트리어스한테.	
라이산더	무서워 마, 헬레나, 쟨 널 해치지 못해.	
드미트리어스	그럼, 못하지. 네가 허미아 편을 들어도.	
헬레나	오! 쟤 화나면 사납고 막무가내야.	325
	학교 다닐 때는 완전 여우였다고.	
	키가 작아도 진짜로 사납다니까.	
허미아	또 작다고? 작다, 낮다 이런 말밖에 모르니?	
	날 이렇게 조롱하는데 라이산더 가만있을 거야?	
	이년아, 내가 간다.	
라이산더	꺼져버려, 난쟁이야.	330
	요 쪼꼬만 마디풀아, 방울만 한 년,	
	도토리 같은 년!	
드미트리어스	너무 나서네, 헬레나 일에,	
	네 도움 따위는 웃기지도 않다는데.	
	헬레나는 그냥 둬, 말도 꺼내지 마!	

편도 들지 마. 그녀를 사랑하는   335

기미를 눈곱만큼이라도 내보이면, 그 대가를

치르게 될 테니까.

라이산더   이제야 놔주네.[29]

따라와, 용기가 있거든! 누가 더

헬레나에게 권리가 있는지 결판을 내자.

드미트리어스   따라와? 천만에, 나란히 가야지.   340

라이산더와 드미트리어스 퇴장

허미아   야, 이 모든 소동이 다 너 때문이야.

야, 도망가지 마!

헬레나   내가 널 어떻게 믿어.

더 이상 네 악담은 들어줄 수가 없어.

싸울 땐 네 손이 내 손보다 빠르겠지.

그래도 달아나기엔 내 다리가 더 길지.[30] [퇴장]   345

허미아   하도 어이가 없어서 말이 안 나오네. [퇴장]

오베론   [오베론과 로빈이 앞으로 나온다.]

너 또 실수한 거야. 계속 실수투성이야.

아니면 일부러 못된 장난질을 치거나.

로빈   믿어주세요, 그림자들의 왕이시여, 실수예요.

---

29   허미아가 놔주었단 의미.

30   헬레나는 다시 감정을 추스르며 언어도 각운을 회복하고 있다.

말씀하지 않았던가요? 아테네 옷을 입고 있으면   350

바로 그 사내놈이란 걸 알 수 있다고요.

그러니 지금까지 전 잘못한 게 없는 겁니다.

분명히 아테네 놈 눈에 꽃 즙을 발랐으니까요.

그리고 지금까진 이런 일들이 반가운데요.

저들의 요란한 소동이 꼭 놀이 같아서요.[31]   355

오베론   이 연인들이 싸울 장소를 찾는 걸 봤을 게다

그러니 로빈, 어둠의 장막을 드리워라.

별들이 반짝이는 하늘을 아케론 강처럼

시커먼 안개로 당장 덮어버리렴.

이 성난 연적들이 길을 잃게 해라   360

그래서 마주치는 일이 없도록 해라.

때로는 라이산더를 흉내 낸 목소리로,

매섭고 험하게 드미트리어스를 격앙시키고,

때로는 드미트리어스 목소리로 욕을 퍼부어라.

그렇게 따로따로 이리저리 끌고 다녀라,   365

죽음 같은 잠이 납덩이처럼 무거운 다리,

박쥐 같은 날개로 그들 이마 위에 기어오를 때까지.

그런 다음 이 꽃 즙을 짜 넣어라 라이산더 눈에.

탁월한 효능이 깃들어있거든 이 액체에.

---

[31] 로빈의 이 대사의 마지막 2행은 각운을 회복하고 있다. 이후 3막 2장의 모든 대사는 각운을 맞추며 이전의 혼란스러운 분위기와는 달리 정돈되어 가는 극의 상황을 언어적으로도 표현한다.

그 힘으로 이전의 모든 실수를 제거해라,   370

그의 눈이 정상적으로 볼 수 있도록 해라.

그들이 깨어나면 이 모든 소동이

꿈이요 헛된 망상으로 여겨질 것이니.

이 연인들은 아테네로 돌아갈 것이다.

그리고 죽을 때까지 함께하게 될 것이다.   375

네가 이 일을 해주는 동안에

난 인도 소년을 요구해야지 여왕한테.

괴물한테 홀린 그녀 눈에서 마법도 풀어주자.

그럼 모든 일이 평화롭게 해결될 것이다.

로빈　　요정 대왕님, 서두르셔야 할 것 같네요.   380

밤의 용들이 구름을 젖히며 내달려요.

저 넘어선 오로라 여신의 전령이

빛나고, 그 새벽 여신이 가까울수록 여기저기

떠돌던 유령들은 떼 지어 묘지로,

교차로나 물속에 묻힌 저주받은 혼령들도,   385

이미 구더기 들끓는 잠자리로 돌아갔어요.

낮이 되면 창피한 꼴 보일까 두려워서요

유령들은 서둘러 숨어들죠, 빛에게서.

어두운 얼굴을 한 밤과만 사귀려 하면서.

오베론　하지만 우리는 다른 종류의 영들이다.   390

새벽의 연인³²과 자주 노닐기도 한다,

또 산지기처럼 숲속을 거닐기도 하고,

붉게 타오른 동쪽 하늘이 축복의 빛으로

바다를 물들이다 초록빛 바닷물조차

황금으로 뒤바꿔 놓을 때까지 말이다.   395

하지만 서둘러라. 꾸물대선 안 돼.

동트기 전까지 이 일을 끝내야 해. [오베론 퇴장]

로빈   위로, 아래로, 위로, 아래로[33]

그들을 끌고 다니자, 위로, 아래로.

날 보면 벌벌 떨지, 들에서도, 마을에서도.   400

도깨비야, 그들을 끌고 다니자, 위로 아래로.

여기 한 녀석 오는구나.

라이산더 등장

라이산더   어디 있어, 건방진 드미트리어스? 대답하라고!

로빈   여기 있다, 악당 놈아! 칼도 뺐어. 어디냐고?

라이산더   당장 상대해주마.

로빈   그럼 날 따라와 봐,   405

좀 더 평평한 곳으로. [퇴장]

드미트리어스 등장

---

[32]   새벽의 여신 오로라.

[33]   원문의 'up and down'을 그대로 번역한 것이다. 문맥상으로는 우리말 '여기저기' 또
는 '이리저리'로 번역할 수 있겠으나, 무대 위 공간 활용(무대 앞쪽 또는 뒤쪽으로 이동
하는 것)을 염두에 둔 표현이기에 원문 그대로 옮겨보았다.

드미트리어스	라이산더, 다시 말해봐![34]
	이 도망자, 겁쟁이 놈아, 도망만 다니냐?
	말해 봐! 어느 덤불이야? 어디 숨은 거냐?
로빈	[장소를 옮기며]
	겁쟁이 놈! 별에 대고 허풍만 떠는구나.
	내가 아니라 덤불하고 싸우겠다는 거구나.
	덤벼라, 겁쟁이, 애송이 녀석, 오라니까.
	회초리로 때려주마. 부끄러운 짓이니까,
	너 따위와 칼로 싸우는 건.
드미트리어스	오, 너 거기 있었어?
로빈	따라와 봐 내 목소리를. 여기선 잘 싸울 수가 없어.

410

415

[모두 퇴장]

라이산더 등장

라이산더	앞질러 가면서 계속 약을 올리고.
	부르는 데를 가보면 사라지고 없고.
	그놈이 나보다 훨씬 더 재빠른가 봐.
	빨리 쫓아가도, 더 빨리 도망가는 거 봐.
	어둡고 험한 길에 빠져들고 말았다.
	여기서 좀 쉬자. [눕는다.] 오너라! 친절한 아침아!

420

---

[34] "당장 상대해주마"와 "그럼 날 따라와 봐"가 한 행처럼 바로 이어서 대사를 해야 하고, "좀 더 평평한 곳으로"와 "라이산더 다시 말해 봐"가 한 행처럼 바로 이어서 대사를 해야 한다. 그리고 각운은 "따라와 봐"와 "말해 봐"의 "봐"로 이루어진다.

가녀린 빛만 비춰줘도 드미트리어스를 찾아

이 치욕에 대한 복수를 하고 말겠다. [잠이 든다.]

드미트리어스와 로빈 등장

로빈   하, 하, 하! 겁쟁이야, 왜 안 따라오니?

드미트리어스   기다려라, 감히 할 수 있다면! 난 잘 알지.   425

이리저리 왔다갔다하면서 도망치는 걸.

내 앞에서 감히 맞설 엄두를 못 낸다는 걸.

지금 어디냐?

로빈   이리 와. 여기 있다니까.

드미트리어스   오냐, 그래, 날 조롱해? 값비싼 대가

꼭 치르게 해주마, 낮에 널 찾아내서!   430

그래 도망쳐. 난 완전히 기가 빠져서,

차가운 땅바닥에라도 쭉 뻗고 드러누울 테니.

날이 새면 조심해라 내가 바로 찾아갈 테니. [잠이 든다.]

헬레나 등장

헬레나   오, 지겨운 밤, 오, 길고도 지루한 밤이여.

어서 지나가라! 동녘 햇살이 날 위로하여   435

낮이 되면 아테네로 돌아가면 좋겠어,

가엾은 나를 싫어하는 사람들을 피해서.

잠아, 너는 때로 슬픔의 눈을 감겨주잖니?

잠시라도 내 슬픔을 앗아가 주겠니?

[누워서 잠든다.]

로빈   아직도 세 명뿐인가? 저기 한 명 더 오네.   440

같은 종류 두 쌍이면 합이 넷이네.

여기 그녀다. 화나고 슬픈 얼굴을 했어.

큐피드는 장난꾸러기라서,

가엾은 여자를 미치게 만들어.

허미아 등장

허미아   이렇게 지치고 슬픈 적은 없었어.   445

이슬에 젖고 찔레 가시에 찔리고,

더 이상 기어갈 수도 걸을 수도 없어.

내 맘대로 다리를 옮길 수도 없고.

여기서 쉬자, 날이 샐 때까지는.

하나님, 라이산더를 지켜주세요, 그들이 싸우면은.   450

[누워 잠든다.]

로빈   대지 위에

곤히 잠들기에

네 눈에다

발라주겠다,

친절한 사랑의 치료약을.   455

[라이산더의 눈에 꽃 즙을 떨어뜨린다.]

너는 깨어나

만끽하리라,

진정한 기쁨을.

보리라 그 눈을,

네 본래 여인의 눈.   460

다 아는 속담이 그러는데,

누구나 제 짝이 있다네.

깨어나면 모두들 알게 된다네.

짚신도 짝이 있다는 걸.

모든 게 다 잘될 거란 걸.   465

남자는 제 여인을 되찾고,

모든 게 다 잘될 거란 걸. [퇴장]

4막

A Midsummer Night's Dream

1장

티타니아와 당나귀로 변한 보틈, 요정들과 함께 등장

티타니아	이리와 앉아요 이 꽃 침대 위에요.
	당신의 사랑스러운 뺨을 애무하며,
	반들거리는 머리에 사향 장미를 꽂을게요,
	거대한 귀에 입 맞춰 드릴게요, 임이시여.
보틈	콩꽃 님은 어디 있소?
콩꽃	여기요.
보틈	머리 좀 긁어줘요, 콩꽃 님.
	거미집 선생은 어디 있소?
거미집	여기요.
보틈	거미집 선생, 무기를 들고 엉겅퀴 위에 앉은 빨간 궁둥이 꿀벌을 잡아서 꿀주머니를 가져다주시오. 그렇다고 너무 안달할 필요는 없고, 거미집 선생. 조심해야지 까딱하다간 꿀주머니 터진다고. 당신이 꿀주머니 홀라당 뒤집어쓰는 건 원하지 않거든. [거미집 퇴장] 겨자씨 선생은 어디 있소?
겨자씨	여기요.
보틈	겨자씨 선생, 악수합시다. 겨자씨 선생, 제발 부탁인데, 예의

5

10

15

차리지 맙시다.

겨자씨　뭘 원하시는데요?

보틈　친절한 우리 겨자씨 선생, 그저 콩꽃 기사님이 내 머리 긁는
거나 좀 거들어 주시오. 이런, 차라리 이발소를 찾아가 봐야　20
겠소. 아무래도 내 얼굴에 털이 너무 많이 자란 것 같거든.
난 아주 예민한 당나귀라서, 털 때문에 조금만 간지러워도
마구 긁어줘야 한단 말이오.

티타니아　아, 음악이라도 좀 들어볼래요? 내 사랑하는 임이시여.

보틈　음악이라면 내가 좀 들을 줄 알지. 부젓가락과 **뼈다귀** 연주　25
를 들어봅시다.

티타니아　아니면, 내 사랑, 뭘 먹고 싶어요?

보틈　참말이지 여물 한 통 먹고 싶어 죽겠소. 잘 마른 귀리나 씹었
으면 좋겠네. 건초 한 더미가 땡기기도 하고. 맛있는 건초,
달콤한 건초, 하, 그거 따라올 게 없지.　30

티타니아　용감한 요정한테 다람쥐 곳간을 털어서
싱싱한 호두를 바치라고 할게요.

보틈　차라리 마른 콩이나 한 움큼 먹었으면 좋겠소. 하지만, 그보
다도 제발 당신 하인들이 날 건들지 못하게 해줘요. 잠이 막
쏟아지네.　35

티타니아　주무셔요. 내 팔로 휘감아드릴 테니[35]

---

[35] 원문의 "wind thee in my arms"를 그대로 번역하였다. 안아주겠다는 의미이지만, 요
정들의 모습은 자연의 일부로 상상되기도 하므로 마치 덩굴이 나무를 칭칭 감는 듯한
인상을 주는 원문의 의도를 그대로 반영하고자 하였다.

요정들아, 물러가라, 멀리 떨어져 있거라. [요정들 퇴장]

덩굴이 사랑스러운 인동 나무를 부드럽게

휘감듯이, 암컷 담쟁이덩굴도 이렇게,

느릅나무 거친 가지를 휘감는 거랍니다.   40

오! 사랑해요. 당신을 미치게 사랑해요! [둘 다 잠이 든다.]

오베론과 로빈 등장

오베론   잘 왔다, 로빈. 이 멋진 광경을 보았느냐?

사랑에 빠진 모습이 가엾기까지 하구나.

숲 저편에서 조금 전 만났을 때만 해도

이 끔찍한 바보 놈한테 줄 꽃들을 찾고 있기에   45

호통을 치면서 말다툼을 했단다.

티타니아가 이 털복숭이 머리통에 싱싱하고

향기로운 화관을 둘러주고 있었으니까.

그리고 한때는 꽃망울들 위에 동그랗게

동양의 진주처럼 맺혀 있던 바로 그 이슬들이,   50

자신들의 치욕을 한탄하는 눈물처럼,

그 예쁜 작은 꽃들의 눈망울에 맺혀 있었단다.

그래서 내가 마음껏 호통을 치자,

티타니아는 고분고분 내 용서를 구했지.

바로 그때 난 훔친 아이를 달라고 했고.   55

티타니아는 곧바로 그 아이를 보내줬어,

요정들이 데려왔지, 요정 나라의 내 처소로.

이제 그 아이를 얻었으니 풀어주자,

티타니아 눈에 깃든 이 끔찍한 환상을.

그러니 로빈, 이 아테네 촌뜨기 머리에서   60

당나귀 머리 껍데기를 벗겨줘라.

다른 자들처럼 그도 깨어나면,

모두 다 같이 아테네로 돌아가선,

오늘 밤 일들을 꿈속의 한바탕

사나운 소동쯤으로 기억할 것이다.   65

하지만 먼저 요정 여왕부터 풀어줘야지.

[티타니아 눈에 꽃 즙을 바른다.]

예전에 모습으로 돌아가라.

예전에 보던 대로 보아라.

다이애나의 꽃망울은 큐피드의 꽃보다

더 강력한 힘과 축복이 있도다.   70

자 이제, 티타니아여, 깨어나시오, 내 사랑스러운 여왕이여.

티타니아 오베론! 정말로 희한한 꿈을 꿨어요.

내가 하필 당나귀한테 반했다니까.

오베론 저기 있네, 당신 애인.

티타니아   이게 다 무슨 일일까?

아! 지금은 보기만 해도 토 나올 것 같아요!   75

오베론 잠깐만 진정하시오! 로빈, 벗겨라 이자 머리를!

티타니아, 음악으로 여기 이 다섯 명을

죽은 듯이 깊이 잠들게 합시다.

티타니아   자 음악! 잠들게 해주는 그런 음악으로!

[잔잔한 음악이 흐른다.]

로빈   [보틈에게서 당나귀 머리를 벗기면서]

깨어나면 다시 보리라 네 어리석은 눈으로.   80

오베론   음악을 연주하라!

[음악이 바뀐다.]

자, 손잡아요, 티타니아,

이들이 자고 있는 대지를 흔들어줍시다.

[오베론과 티타니아 함께 춤춘다.]

이제 다시 화해하게 되었으니, 티타니아,

내일 밤 테세우스 공작 집으로 갑시다.

그리고 승리를 만끽하듯 춤을 춥시다.   85

모두에게 번성하도록 축복해줍시다.

그리고 저 진실한 연인들도 모두 다

테세우스처럼 즐겁게 결혼하게 해줍시다.

로빈   요정 대왕님, 잘 들어보세요.

아침 종달새 노랫소리가 들려요.   90

오베론   자 그럼, 나의 왕비여, 떠납시다,

엄숙하게 밤의 그림자를 쫓아갑시다.

우린 지구도 돌 수 있지 순식간에,

떠도는 저 달보다도 더 재빠르게.

티타니아   이리 오세요, 나의 왕이시여, 날아가면서   95

얘기해줘요, 간밤에 내가 어째서
여기서 잠들게 되었는지.
땅바닥에 잠든 저 인간들과 같이.

오베론, 티타니아, 로빈 퇴장. 연인들은 여전히 자고 있다.
안에서 뿔 나팔 소리가 들리고, 테세우스, 히폴리타, 이지어스, 수행원들 등장

테세우스　너희 중 누가 가서 산지기를 찾아와라.
　　　　　이제 오월절 축제도 끝났으니까.　　　　　　　　　　100
　　　　　아직 이른 새벽이니 내 사랑 히폴리타가
　　　　　사냥개들의 아름다운 음악 소리를 듣게 될 것이다.
　　　　　서쪽 계곡에 사냥개들을 풀어라, 놓아줘.
　　　　　지금 당장 산지기를 불러오라니까. [한 명이 퇴장한다.]
　　　　　아름다운 왕비여, 산 정상으로 올라가,　　　　　　105
　　　　　사냥개들이 짖는 소리와 그 메아리가 어울려내는
　　　　　불협화음의 음악 소리를 들어봅시다.
히폴리타　한번은 헤라클레스, 카드머스와 함께
　　　　　크레타섬 숲속에서 곰 사냥을 가서는,
　　　　　스파르타 사냥개를 풀어놓았어요. 처음이었어요,　　110
　　　　　그런 힘찬 울음소리는. 숲, 하늘, 샘물뿐
　　　　　아니라, 근처의 온 지역이 한데 어울려
　　　　　울부짖는 것 같았죠. 그렇게 음악적인
　　　　　불협화음과 감미로운 천둥소리는 처음이었어요.

| 테세우스 | 내 사냥개들도 스파르타 혈통이지. 축 늘어진 입, | 115 |

테세우스　내 사냥개들도 스파르타 혈통이지. 축 늘어진 입, 　　　　　115

　　　　　모래 빛 털, 아침이슬을 쓸고 다닐 듯한 커다란 귀,

　　　　　굽은 무릎, 테살리의 황소처럼 축 처진 목살,

　　　　　속도도 느리지. 하지만 짖는 소리만큼은

　　　　　마치 종소리처럼 울린다오. 사냥꾼의

　　　　　뿔 나팔 소리에 이보다 더 멋지게 　　　　　120

　　　　　화답하는 울음소리는 크레타든, 스파르타든,

　　　　　테살리든 어디에도 없지. 직접 들어봐요.

　　　　　잠깐만, 웬 요정들이지 이들은?

이지어스　공작님, 여기서 자고 있는 건 제 딸년입니다.

　　　　　이자는 라이산더, 여기는 드미트리어스, 　　　　　125

　　　　　이 아이는 헬레나, 늙은 네다의 딸입니다.

　　　　　어쩌다 이들이 함께 있게 된 건지.

테세우스　틀림없이 오월제를 즐기려고 일찍 일어났을

　　　　　것이오. 우리 계획을 소문으로 듣고서

　　　　　결혼식을 축하하러 여기에 온 것 같군. 　　　　　130

　　　　　그런데 이지어스, 오늘이 그날 아니던가,

　　　　　허미아가 누구를 선택했는지 답해야 하는?

이지어스　맞습니다, 공작님.

테세우스　사냥꾼들에게 나팔을 불어 깨우라고 해라. [한 명 퇴장]

안에서 '나팔을 불어라' 하는 외침이 있다.
뿔 나팔 소리에 라이산더, 드미트리어스, 허미아, 헬레나가 깨어서 일어난다.

잘 잤는가, 친구들. 성 발렌타인 축일이 언젠데, 135
이 숲속의 새들은 아직도 짝짓기 중인가?

라이산더 용서하십시오, 공작님. [네 명의 연인이 모두 무릎을 꿇는다.]

테세우스   일어서거라, 모두들.

너희 둘은 사랑의 연적이 아니냐?
맙소사, 이렇게 점잖게 화해하다니!
증오하면서도 의심도 없이 곁에서 140
잠을 자다니, 적의도 없이!

라이산더 공작님, 자는 건지, 깬 건지 멍하지만,
말씀드리겠습니다. 하지만 맹세합니다.
어쩌다 여기에 온 건지 진짜 잘
모르겠습니다. 하지만, 아마도, 솔직히 145
이런 거 같긴 한데, 그러니까, 예 그러네요.
저는 허미아와 함께 여기에 왔습니다.
아테네에서 도망쳐 아테네 법의 효력이
미치지 않는 곳으로 가려고요 —

이지어스 공작님, 더 이상 들으실 것도 없습니다. 150
법대로 해주십시오. 저 대갈통에 법의 망치를!
몰래 야반도주하려고 한 겁니다. 드미트리어스,
자네와 나한테서 빼앗으려고 한 거야 —
자네한테선 아내를, 나한테선 아비의 권리를,
딸년이 자네 거라고 명하는 권리 말일세. 155

드미트리어스 공작님, 아름다운 헬레나가 이 두 사람이

숲으로 도망친다고 알려주었습니다, 그 이유도요.

저는 화가 나서 이리로 쫓아왔고,

아름다운 헬레나도 저를 쫓아왔습니다.

하지만 공작님, 무슨 힘 때문인지,   160

분명 어떤 힘에 의해서, 허미아를 향한 제 사랑은,

눈처럼 녹아버려, 지금은 저한테,

어린 시절 미쳐있던 하찮은 장난감에 대한

추억처럼 여겨지고, 제 마음의 미덕인

모든 신의와 제 눈의 대상이요 기쁨은   165

오직 헬레나뿐입니다. 그녀와 전, 공작님,

약혼했었습니다, 허미아를 보기 전에요.

하지만 병에 걸린 듯 이 음식이 싫어졌습니다.

하지만 건강해지면 본래 입맛이 돌아오듯,

이젠 다시 원하고, 사랑하고, 갈망하며,   170

앞으로도 영원히 변치 않을 것입니다.

테세우스 아름다운 연인들아 운 좋게 너희를 만났구나.

이 이야기는 나중에 좀 더 듣기로 하자.

이지어스, 당신 청은 들어줄 수가 없겠구려.

이 두 쌍의 연인들도 곧 우리와 함께   175

사원에서 영원히 맺어질 테니까.

이제 아침도 꽤나 지난 것 같으니,

계획했던 사냥은 중단하도록 하겠소.

우리와 함께 모두 아테네로 돌아갑시다.

세 쌍 모두 화려한 혼례를 올리고   180
축하연을 엽시다. 갑시다, 히폴리타!

테세우스, 히폴리타, 이지어스, 수행원들 퇴장

드미트리어스　　이 모든 게 너무 작고 희미하게만 보여,
　　　　　　　먼 산봉우리들이 구름처럼 보이듯이.
허미아　　　　양쪽 눈이 서로 다른 걸 보는 것 같아,
　　　　　　　나도 모든 게 이중으로 보여.
헬레나　　　　　　　　　　　　　　나도 그래.   185
　　　　　　　보석 같은 드미트리어스를 되찾긴 했지만,
　　　　　　　내 것인지 아닌지 모르겠어.
드미트리어스　　　　　　　　　　아직도
　　　　　　　우리가 꿈속에 있는 게 아닐까? 혹,
　　　　　　　공작님이 따라오라고 명하지 않았어?
허미아　　　　그래 맞아, 우리 아버지도,
헬레나　　　　　　　　　　　　　히폴리타도.   190
라이산더　　　우리 모두 사원으로 오라고 하셨어.
드미트리어스　　그럼, 깨어난 거네. 공작님을 따라가자.
　　　　　　　가면서 우리 꿈 얘기를 다시 하자고. [모두 퇴장]
보틈　　　　　[보틈 깨어난다.]
　　　　　　　대사 순서가 되면, 날 불러줘. 바로 할 테니까. "너무나 멋진
　　　　　　　피라머스" 바로 다음이 내 대사라고. 어이, 피터 퀸스! 풀무   195

장이 플루트! 땜장이 스나우트! 스타블링! 이런 젠장! 다들 숨어버렸군, 내가 잠든 사이에! ─하여간 희한한 광경을 봤네. 인간의 지혜로는 도저히 설명할 수 없는 그런 꿈을 꾼 거야. 이런 꿈을 해봉하겠다고 설쳐대는 인간이 있다면 멍청한 당나귀 같은 자지. 내 생각엔 말이야, 그게 뭔지 말해줄 수 있는 사람은 아무도 없다고. 내 보기엔 그렇다고, 그렇다니까, 그게 뭔지 말해줄 수 있는 사람은 알록달록 옷을 입은 광대밖에 없다니까. 내가 꾼 꿈은 말이지, 지금까지 그 어떤 인간의 눈으로도 들어보지 못했고, 그 어떤 사람의 귀로도 본 적이 없으며, 그 어떤 누구의 손으로도 맛보지 못했고, 그 어떤 혀로도 상상해 보지 못하고, 어떤 심장으로도 말하지 못한 꿈이란 말이지. 피터 퀸스한테 이 꿈을 가지고 노래나 하나 지어달라고 해야겠군. 제목은 "보틈의 꿈". 밑도 끝도 없는 이 보틈 님의 꿈이니까. 공작님 앞에서 연극이 끝난 다음 이 노래를 불러야겠다. 아, 연극을 좀 더 감동적으로 만들려면 티스비가 죽는 순간에 이 노래를 부르는 게 더 좋겠네.

[퇴장]

2장

퀸스, 플루트, 스나우트, 그리고 스타블링 등장

퀸스　　보틈네 집으로 사람을 보냈나? 아직도 안 돌아온 건가?

스타블링　감감무소식이야. 아예 사라져버렸다니까.

플루트　　보틈이 없으면, 연극은 망친 거예요. 더 진행할 수가 없잖아
　　　　　요, 안 그래요?

퀸스　　그래 못하지. 아테네 전체를 통틀어서 피라머스를 보틈만큼　5
　　　　　할 수 있는 사람은 없다니까.

플루트　　없고말고요. 보틈은 아테네 장인들 중에서도 최고로 재주가
　　　　　좋은 사람이라고요.

퀸스　　그래, 인물도 최고고. 목소리는 또 얼마나 부드러워. 내연남
　　　　　역에 아주 제격이지.　　　　　　　　　　　　　　　　　10

플루트　　'남자 연인'이라고 해요. '내연남'이라니 맙소사! 내연남은 불륜
　　　　　이잖아요.

스너그 등장

스너그　　장인 여러분, 공작님이 사원에서 돌아오고 있어요. 다른 두

세 쌍의 양반들도 같이 결혼을 한대요. 아, 연극 공연만 잘 할 수 있었으면, 우리 모두 한 밑천 단단히 챙길 수 있었을 15 텐데.

플루트 오! 보틈, 친절하고 멋진 양반인데! 평생 동안 일당 6펜스를 벌 수 있는 기회를 놓치다니. 일당 6펜스는 틀림없었는데. 만일 피라머스 역을 했는데도, 공작님이 보틈한테 일당 6펜 스를 주지 않는다면, 내가 목을 매겠어요. 보틈은 그만한 돈 20 은 받을 자격이 충분하단 말이야. 피라머스라면 최소 일당 6 펜스라고요!

보틈 등장

보틈 이 사람들아 어디 있나? 이 친구들 다들 어디 간 거야?

퀸스 보틈! 아, 이럴 수가 자네가 오다니! 아, 이젠 살았어!

보틈 여보게들, 깜짝 놀랄만한 얘기가 있네. 하지만 뭔지 묻지는 25 말게. 지금 말해준다면, 나는 진정한 아테네인이 아닐 테니 까 말일세. 하지만 적정한 때가 되면 모든 걸 다 얘기해주겠 네.

퀸스 보틈 지금 좀 들어보자고.

보틈 지금은 한마디도 해줄 수가 없네. 내가 해줄 수 있는 말이라 30 곤 공작님께서 식사를 마쳤다는 것뿐일세. 자, 다들 의상을 입고, 수염도 단단히 끈으로 매달고, 신발에는 새 리본을 달 자고. 곧 궁궐에서 만나세. 다들 자기 역할을 잘 보고 와야

하네. 어쨌든 우리 연극이 올라가지 않았느냔 말일세. 티스
비는 무조건 깨끗한 리넨 옷을 입혀야 하네. 그리고 사자 역   35
을 하는 친구는 손톱을 깎아선 안 되고. 사자의 발톱처럼 길
어야 하니까. 그리고 우리 친애하는 배우 여러분, 절대 마늘
이나 양파를 먹으면 안 됩니다! 우리는 상큼한 입김을 내뿜
어야 하니까. 그렇게만 하면, 내가 장담하는데, 우리 연극은
상큼한 희극이라는 평을 듣게 될 겁니다. 그럼, 말은 이쯤에   40
서 줄이고. 자, 모두들 갑시다, 가자고! [모두 퇴장]

5막

A Midsummer Night's Dream

1장

테세우스, 히폴리타, 이지어스, 귀족들, 시종들 등장

히폴리타 이 연인들의 얘기는 참으로 이상해요.

테세우스 믿을 수 없을 만큼. 이런 허황된 얘기도
　　　　　요정들 얘기도 결코 믿지 못할 거요.
　　　　　연인들과 미치광이들은 들끓는 뇌, 황당한
　　　　　상상력을 가져서 냉정한 이성이　　　　　　　　5
　　　　　감당치 못하는 것을 상상해 내지.
　　　　　미치광이와 연인과 시인은 모두 상상력으로
　　　　　가득 차 있다. 미치광이는 광활한 지옥에
　　　　　있는 것보다 더 많은 악마를 보고,
　　　　　미친 것은 매한가지인 연인들은 이집트　　　　　10
　　　　　흑인의 얼굴에서 헬렌의 아름다움을 보지.
　　　　　시인의 눈은 광기에 휘둥그레져 하늘에서
　　　　　땅을, 땅에서 하늘을 응시하며,
　　　　　상상력이 미지의 것에 생명을 불어넣듯,
　　　　　펜으로 그들에 형상을 부여하고,　　　　　　　15
　　　　　공기와 같은 것에 거처와 이름도 주지.

강력한 상상력은 절묘한 기술이 있어
어떤 쾌락을 떠올리기만 하여도
이미 그 쾌락을 손안에 넣지.
또는 한밤중에 무서운 것을 상상하면,   20
수풀도 순식간에 곰으로 변하고!

히폴리타 하지만 간밤에 들은 이야기들과,
연인들의 마음이 한꺼번에 뒤바뀐 걸 보면,
단순한 상상 이상인 것 같아요.
어떤 큰 일관성이 있거든요. 하지만,   25
이상하고 놀라운 일인 건 사실이에요.

테세우스 연인들이 오는군, 저리도 좋을까.

라이산더, 드미트리어스, 허미아, 그리고 헬레나 등장

즐거운 친구들! 기쁨과 사랑이
늘 그대들과 함께하길!

라이산더   저희들보다 더 많이
공작님의 발걸음과 식탁과 침실에 깃드시길!   30

테세우스 자, 어떤 가면극이나 무용극을 준비했나?
저녁 식사 마치고 잠자리에 들기까지
세 시간이나 남았는데 지루하면 안 되지.
우리 연회 책임자는 어디에 있는가?
어떤 여흥 거리를 마련했나? 지루한 시간의   35

고통을 덜어줄 연극은 없는 건가?

이지어스[36]를 불러라.

이지어스   대령했습니다, 공작님.

테세우스   말해보시오, 오늘 저녁 여흥 거리는 무엇이오?

가면극인가? 음악은? 오락거리가 없다면

지루한 시간을 어찌 보내겠소?   40

이지어스   [목록이 적힌 종이를 라이산더에게 전하면서]

여기에 제법 많은 오락거리가 적혀 있습니다.

공작님께서 원하시는 걸 선택하시면 됩니다.

라이산더   [읽는다.]

'아테네 내시가 하프 반주에 맞춰

들려주는 반인반마 켄타우로스와의 전쟁'[37]

테세우스   그건 됐다. 내 친척 헤라클레스를 자랑하면서   45

히폴리타에게 이미 들려준 이야기니까.

라이산더   '격분하여 트라키아의 음유시인을 찢어 죽인

술 취한 바쿠스 추종자들의 난동'

테세우스   진부한 연극이야. 내가 지난번

---

36 이절판본에는 이지어스, 사절판본에는 필로스트레이트로 다르게 설정되어 있다. 이
지어스마저도 연회 책임자 역을 맡으며 화합의 장에 동참하는 모습을 연출한다. 이지어
스의 동참은 마지막 화합의 양상을 더욱 강화할 수도 있고, 반대로 어색하고 불편한 것
으로 만들 수도 있겠다.

37 사절판본에서는 테세우스 공작 혼자서 공연 목록을 읽는 것으로 설정되어 있다. 이
절판본에서는 라이산더가 공연 목록을 읽고 그에 대해 테세우스가 촌평하는 것으로 되
어 있다.

	테베를 점령하고 개선했을 때도 공연했어.	50
라이산더	'최근에 궁핍으로 사망한 석학의	
	죽음을 애도하는 아홉 명의 뮤즈'	
테세우스	이건 꽤 날카롭고 비판적인 풍자로군.	
	결혼 축하연에는 맞지 않겠어.	
라이산더	'젊은 피라머스와 그의 연인 티스비의	55
	지루하면서도 짧은 연극, 너무나 비극적인 희극'	
테세우스	희극적이면서도 비극적이라고? 지루하면서도 짧아?	
	뜨거운 얼음, 불가사의한 검은 눈이란 격이군.	
	이런 부조화 속에서 조화를 찾으라고?	
이지어스	이 연극은 열 마디 정도밖에 안 됩니다.	60
	제가 아는 연극 중에 제일 짧지요.	
	하지만 그 열 마디도 이 극에는 너무 깁니다.	
	그래서 지루하죠. 극 전체를 뒤져봐도	
	제대로 된 대사나, 배우 한 명이 없답니다.	
	이 극이 비극적인 까닭은, 공작님,	65
	피라머스가 자살을 하기 때문이랍니다.	
	연습하는 것을 봤었는데, 솔직히 말해,	
	눈물깨나 흘렸습죠, 너무나 웃겨서요.	
	배꼽을 잡고 웃느라 눈물까지 나더군요.	
테세우스	그걸 공연하는 자들은 누구요?	70
이지어스	여기 아테네에서 일하는 일꾼들입니다.	
	지금까지 머리를 써본 적이 없는 자들인데,	

공작님 결혼 축하 공연을 준비하느라

난생처음 대사를 외운다고 난리였답니다.

테세우스   그러면 그 연극을 들어보자.[38]

이지어스   아닙니다, 공작님.   75

보실 만한 게 못 됩니다. 미리 들어봤습니다만,

영 젬병이더군요. 세상에 그런 엉터리가 없습니다.

성의를 가상히 여겨주시면 또 모를까,

공작님을 위해 죽도록 대사를 외우고

고생하긴 했으니까요.

테세우스   그 연극을 들어보겠소.   80

소박하고 충직한 마음만 있다면

잘못될 리는 없으니까. 가서 그들을

데려와라. 숙녀 분들은 자리를 잡으시오.

이지어스 퇴장

히폴리타   가엾은 자들이 지나친 부담을 지거나,

헛수고하는 것을 보고 싶지 않군요.   85

테세우스   글쎄, 히폴리타, 그런 일은 없을 거요.

히폴리타   그자들은 연극엔 영 젬병이라잖아요.

---

[38]   셰익스피어 시대 때는 연극을 본다는 표현과 더불어 '듣는다'는 표현을 자주 사용하
였다. 그만큼 언어의 중요성이 강조됨을 알 수 있다. 이 점을 밝히기 위해 원문대로 번
역하였으나, 공연할 때에는 '보겠다'로 바꿔도 좋겠다.

테세우스 하찮은 것에 고마워해야 더 친절한 법이오.

실수를 보는 것도 즐거운 일이지.

천한 자들이 잘 못해도 우리 귀인들이   90

성과보다는 그 노고를 받아주면 그만이고.

언젠가 대학자들이 날 영접하려고 환영사를

준비한 적이 있었소. 그 대학자들도 바들바들 떨고,

얼굴은 창백해지고 말문은 막히고,

겁에 질려 연습한 문장도 더듬거리더군.   95

결국 벙어리가 된 것처럼 환영사를 중단하고

말았지. 하지만, 부인, 난 그 침묵 속에서도

환영의 목소리를 들을 수 있었소.

두려우면서도 의무를 다하려는 겸손함이

뻔뻔하고 당당한 능변을 쏟아내는   100

혓바닥만큼이나 많은 것을 들려줬지.

그러니 사랑과 혀가 묶인[39] 순박함이야말로

적게 말하지만 가장 많이 말하는 셈이오.

이지어스 등장

이지어스 자, 공작님, 서사가 등장합니다.

테세우스 시작하게 해라. [나팔 소리]   105

---

[39] '혀를 묶다'란 표현은 앞서 티타니아가 보틈에게 한 말이다. 이를 연상시키기에 다소
어색하게 들리지만 원문 그대로 번역하였다.

서사 역의 퀸스 등장

서사　언짢으셨다면 그거야말로 우리의 선의로
　　　언짢게 해드리려는 그런 것이 아니라
　　　우리의 서툰 솜씨를 보여드리려는 선의로
　　　그것이 우리 연극의 참된 시작이라
　　　하오니 우리가 온 것은 다만 악의일 뿐　　　　110
　　　여러분을 만족시키려 온 것이 아니니
　　　여러분이 가져가실 것은 오직 후회일 뿐
　　　우리의 진정한 목적은 여러분의 즐거움이 아니니
　　　배우들은 대령했고 무언극을 보여드립죠.
　　　궁금하신 모든 걸 속 시원히 알려드립죠.[40]　　　115

테세우스　이 친구는 구두점을 자기 멋대로 찍어대는군.[41]

라이산더　사나운 망아지를 탄 듯 서사를 읊어대는군요. 멈춰야 할 곳
　　　을 몰라요. 공작님, 훌륭한 교훈을 얻었습니다. 내뱉는다고
　　　다 말이 아니라, 진실을 말해야 말이라고 할 수 있겠네요.

히폴리타　정말 어린 아이가 피리를 불듯, 서사를 읊어댔어요. 소리만　120
　　　냈지, 제대로 다룰 줄을 모르네요.

테세우스　그의 대사는 얽히고설킨 쇠사슬 같군. 끊어진 데는 없는데
　　　모든 게 뒤죽박죽이야. 다음은 누구지?

---

[40] 극중극의 모든 대사는 abab, 또는 aabb 형식의 각운으로 이루어져 있다. 극중극과 구분키 위해 귀족들의 대사라도 극중극 장면에서는 대부분 산문으로 이루어져 있다.

[41] 당황하여 문장을 엉뚱하게 끊어 읽는 것을 표현한 것으로, 배우가 이를 용이하게 표현할 수 있도록 서사의 대사에서 일부러 구두점을 생략하여 번역하였다.

**나팔 소리가 울린 뒤, 피라머스와 티스비, 돌담, 달빛,
그리고 사자가 등장해 무언극을 진행한다.**

서사   여러분, 아마도 이 무언극이 궁금하실 테죠.

계속 궁금해하십쇼, 결국 다 밝혀질 테니.   125

우선 말씀드리자면, 이 자가 피라머스 입죠.

이 아리따운 아가씨는 티스비고요 틀림없이.

석회와 회반죽을 들고 있는 이 친구는

돌담으로서 연인들을 갈라놓는 악당 역이죠.

저 틈새로만 속삭인답니다, 이 가련한 연인들은.   130

허니 이것을 이상하게 생각진 마십쇼.

등불과 강아지, 가시덤불을 든 이 사람이

달빛을 연기합니다. 보시면 아실 텐데요,

달빛 아래서 이 연인들은 겁도 없이

나이너스 묘지에서 구애를 한다네요.   135

이 끔찍한 야수는 사자라고 불리는바,

한밤중 먼저 나온 진실한 티스비를,

무서워 도망가게, 아니 놀라 도망치게 한바,

그녀는 도망 중에 떨구었네요 망토를.

아, 그것을 피 칠한 입으로 찢어발기는구나   140

사악한 사자가. 젊고 용감한 피라머스

뒤늦게 피 묻은 망토를 발견하는구나.

그리하여, 칼로, 날 선 칼로 용맹하게도

찌르네, 자신의 피 끓는 가슴팍을.

뽕나무 그늘에 숨어 있던 티스비도   145

그 피라머스의 단도로 자살하네. 자, 나머지를

사자, 달빛, 돌담, 그리고 두 연인들이 남아

차근차근 전달해 드리도록 하겠나이다.

[돌담 역의 스나우트 외에 모두 퇴장]

테세우스   과연 사자가 말을 할까?

드미트리어스   이상할 것도 없지요, 공작님. 요즘은 말하는 당나귀도 많   150

다던데, 사자라고 못할 것도 없지요.

스나우트(돌담)   이 연극에서 어쩌다 보니 이렇게 되었는데,

저, 스나우트가 돌담으로서, 부디 바라옵건대,

이 돌담에는 갈라진 구멍이나 틈새가

나 있다고 생각해주시면 고맙겠습니다.   155

이걸 통해 피라머스와 티스비, 두 연인이

속삭인답니다, 종종 아주 은밀히.

이 석회와 회반죽, 이 돌덩이가 제가 바로

돌담이란 걸 보여주는데, 사실이 그렇고,

이 틈새 좌우 양쪽을 통해서요,   160

가슴 졸이는 연인들이 속삭일 거예요.

테세우스   회반죽을 메달은 이자에게 이보다 나은 대사를 기대할 수 있

을까?

드미트리어스   제가 여태까지 들어본 중 가장 똑똑한 돌담이군요, 공작

님.   165

피라머스 역의 보틈 등장

테세우스   피라머스가 돌담한테 다가가는군. 조용히!

보틈(피라머스)   오, 침울한 밤아, 오 시커먼 밤아,

낮이 가버리면, 언제나 오는 밤이여,

오, 밤! 오, 밤! 아아, 아아, 아아,

티스비가 약속을 깜빡했나 염려되는 밤이여.   170

오, 그대 돌담, 오 상냥하고, 오 사랑스러운 돌담,

그녀 아버지 땅과 우리 땅 사이를 막아섰네.

오, 그대 돌담, 오 상냥하고, 오 사랑스러운 돌담,

그대 구멍을 보여주오, 내 눈으로 들여다볼 수 있게.

[돌담이 틈새[42]를 보여준다.]

친절한 돌담아, 고맙다! 조우브 신의 가호가 있기를.   175

하지만 이건 뭐지? 티스비가 안 보이다니.

오, 사악한 돌담아, 보여다오 내 천사를,

이 저주받을 돌멩이들아, 나를 속여 먹다니!

테세우스   아마 이 돌담도 감정이 있다면 같이 저주를 해줄 텐데.

보틈   아닙니다요, 절대로, 공작님. 그럴 수가 없습죠. '날 속여 먹   180

다니'는 티스비 대사의 신호거든요. 이제 티스비가 등장하고,

제가 돌담 틈새로 티스비를 발견하거든요. 제가 말씀드린 딱

그대로 보시게 될 겁니다요.

---

[42]   대개의 공연에서 손가락을 벌리거나 다리를 벌려 이 틈새를 표현한다.

티스비 역의 플루트 등장

플루트(티스비)   오 돌담아, 우리 피라머스 님과 날 갈라놓고선

내 한탄 소리 얼마나 많이 들었니.   185

내 앵두 같은 입술이 회반죽을 이겨놓은

네 돌덩어리들에게 자주 입 맞추곤 했잖니.

보틈(피라머스)   목소리가 보인다. 저 구멍으로 가자, 이제는,

티스비의 얼굴을 들을 수 있나 보자고.

티스비?

플루트(티스비)   분명 내 님이시죠 당신은?   190

보틈(피라머스)   뭐라고 생각하든, 난 그대의 연인이고

리멘더[43]처럼 당신만을 사랑하오 끝까지.

플루트(티스비)   헬렌[44]처럼 나도요, 운명이 날 죽일 때까지.

보틈(피라머스)   사펄러스도 프로크러스[45]에게 이렇게 진실하진 않았어요.

플루트(티스비)   사펄러스가 프로크러스를 사랑한 것처럼 나도 그래요! 195

보틈(피라머스)   아! 이 야속한 돌담 구멍으로라도 그대 입맞춤을!

플루트(티스비)   구멍에만 닿을 뿐, 못 찾겠어요 당신 입술을!

---

[43] 리엔더(Leander)를 Limander로 잘못 발음하고 있다. 리엔더는 아프로디테 여신의 여사제인 히어로를 일편단심 사랑하다 죽은 인물이다.

[44] 논리적으로는 헬렌이 아니라 리엔더가 사랑한 히어로를 의미하는 것이겠으나, 이 극에서 일편단심의 헬레나와 지속적으로 겹쳐 언급되고 있는 헬렌을 언급하는 것도 극의 맥락에 맞다고 할 수 있겠다.

[45] 세팔러스(Cephalus)와 프로크리스(Procris)를 잘못 발음한 것으로 그리스 신화에 나오는 비극적 사랑의 주인공들이다.

보틈(피라머스) 우리 만납시다, 니니[46]의 묘지에서, 당장!

플루트(티스비) 살든 죽든 무조건 가겠어요, 당장!

보틈과 플루트 각자 퇴장

스나우트(돌담) 이렇게 저 돌담은 소임을 다했네요.   200

이제 끝났으니, 그만 물러가네요. [퇴장]

테세우스 두 집안을 갈라놓던 돌담도 이제 무너졌구나.

드미트리어스 그럴 수밖에요, 공작님. 담벼락에도 귀가 있다고 제멋대로

남의 말을 엿들었으니까요.

히폴리타 이렇게까지 어이없는 연극은 들어본 적이 없어요.   205

테세우스 연극이란 아무리 훌륭해도 그림자에 지나지 않고, 아무리 서

툴러도 상상력으로 부족한 것을 채워준다면 그리 나쁘지만

은 않은 법이지.

히폴리타 그건 당신의 상상력이지 저 배우들의 상상력은 아니죠.

테세우스 우리가 배우 못지않게 상상력을 발휘해준다면, 저들은 최고 210

의 배우들로 보일 수 있지. 여기 고상한 짐승 둘이 등장하는

군. 사람 하나와 사자 한 마리.

사자와 달빛 등장

---

[46] 나이너스를 니니(Ninny)라고 잘못 발음하고 있다.

스너그(사자)	숙녀 여러분, 바닥을 기는 작디작고 흉물스러운	
	생쥐조차 무서운 어린 심장을 지니셔선,	
	이제 성난 사자가 마구마구 으르렁대면	215
	깜짝 놀라 와들와들 떠실 텐데 그러시다면,	
	알아주십시오, 사나운 사자도, 어미 사자도	
	아니고 그저 가구장이 스너그일 뿐으로,	
	제가 만일 진짜 사자로서 이 자리에 나와서	
	난리 치는 거라면 제 생명이 위태로워서−	220

테세우스 아주 점잖은 짐승이구나. 게다가 양심적이기까지 해.

디미트리어스 제가 지금까지 본 짐승 중에서는 제일 점잖은 놈인 것 같습니다.

라이산더 이 사자는 여우만큼만 용감하네요.

테세우스 그래, 거위만큼만 신중하고. 225

드미트리어스 그래도, 공작님, 저자는 신중하기보다는 용감한 것 같습니다. 여우가 거위를 잡아먹으니까요.

테세우스 내가 장담하는데, 저자는 용감하기보다는 신중하네. 거위가 여우를 잡아먹지는 않으니까. 어쨌든, 신중하게 알아서 하라고 하고, 우리는 저 달이 하는 말이나 들어보자고. 230

스타블링(달빛) 이 등불은 뿔 모양의 초승달을 나타내는바,

드미트리어스 그냥 자기 머리에 뿔을 달고 나오지.

테세우스 저자는 초승달이 아니야. 그러니 뿔이 보이면 안 되지.

스타블링(달빛) 이 등불은 뿔 모양의 초승달을 나타내는바,
절 달 속에 사는 사람이라 봐주시길. 235

테세우스   이런 어처구니없는 실수를 하다니. 자기가 등불 속으로 들어
            갔어야지. 그렇지 않고서야 어떻게 달 속에 사는 사람이 되
            겠나?

드미트리어스   촛불 때문에 차마 등불 속으로는 못 들어가겠죠. 벌써 저
            렇게 심지 끝까지 타고 있는 걸요.   240

히폴리타   이 달은 지겹네요. 빨리 퇴장했으면 좋겠어요.

테세우스   촛불이 저렇게 가물거리는 걸 보니 달도 곧 질 것 같군. 하지
            만 예의상으로나 이치상으로나 우리는 계속 머물러 줘야겠
            지.

라이산더   계속하게, 달빛 양반.   245

스타블링(달빛)   제가 여러분들께 말씀드릴 수 있는 것은 단지 이 등불이
            달이고, 저는 그 달 속에 사는 사람이며, 또 이 가시덤불은
            제 가시덤불이고, 이 개도 제 개라는 것뿐입니다.

드미트리어스   그럼 이런 게 다 등불 속에 있어야지, 달 속에 있는 거니
            까. 하지만, 조용! 티스비가 나오는군.   250

티스비 다시 등장

플루트(티스비)   여기가 니니의 옛 무덤이구나. 내 님은 어디에 있지?

스너그(사자)   어흥! [티스비 도망친다.]

드미트리어스   제법 잘 으르렁댔구나, 사자야.

테세우스   제법 잘 달아났고, 티스비는.

히폴리타   제법 잘 비쳤네요, 달빛도. 정말 멋지게 비추었어요.   255

[사자가 티스비의 망토를 물어뜯고서 퇴장한다.]

테세우스   제대로 물어뜯거라, 사자야.

드미트리어스   이제 피라머스가 등장하네요.

라이산더   사자는 퇴장하고. [사자 퇴장]

피라머스 등장

보틈(피라머스)   상냥한 달님이여, 고맙소 그대 찬란한 달빛,

고맙소, 그대 눈부신 광채,   260

우아하게 황금빛 물결치는 달빛,

진실한 티스비를 맛보게 해주는 광채.

그러나 잠깐만, 오, 맙소사!

이걸 보아라, 불쌍한 기사!

이 무슨 참혹한 광경이냐!   265

눈아, 보이니?

어떻게 이럴 수가 있니?

오, 내 사랑, 오 어여쁜 이야!

이게 그대의 선량한 망토라니,

아! 이렇게 피로 더럽혀지다니.   270

오너라, 너 잔혹한 복수의 여신들아,

오너라, 운명의 여신들아,

와서 모든 생명의 줄을 끊어라,

짓부수고, 짓밟고, 짓뭉개고, 짓찧어라!

테세우스   연인의 죽음을 이렇게 격정적으로 연기하면 누구든 슬퍼지 275

지 않을 재간이 없지.

히폴리타   가슴이 아프네요, 저자가 가여워요.

보틈(피라머스)   오, 대자연이여, 어찌하여 사자를 만드셨나요?

사악한 사자가 내 님을 잡아먹다니.

살며, 사랑하고, 사모하고, 생기발랄하잖아요, 280

아니, 아니 했잖아요, 너무도 어여쁜 내님이.

눈물아, 마구 쏟아져라,

검아, 어서 나와 찔러라,

이 피라머스의 젖꼭지를,

아, 그래 왼쪽 젖꼭지, 285

심장이 뛰고 있는 바로 그 젖꼭지.

이렇게 나는 죽는다, 이렇게, 이렇게, 이렇게! [가슴을 찌른다.]

이제 나는 죽는다,

이제 나는 떠난다,

내 영혼은 하늘로 안녕히. 290

혀[47]야, 네 빛을 꺼라,

달아, 도망쳐라! [달이 퇴장한다.]

이제 죽는다, 죽는다, 죽는다, 죽는다, 죽는다. [죽는다.]

드미트리어스   도대체 몇 번을 죽는 거야, 놀음판도 아니고.[48] 저자는 놀

음판에선 맨날 죽을 패만 뽑나 보군. 295

---

[47] '해'라고 해야 하는데 '혀'로 잘못 표현하고 있다.

[48] 원문에서는 'die'의 두 가지 의미, 즉 '죽는다'와 '주사위'를 가지고 말장난하고 있다.

라이산더	지금은 죽을 패만도 못하지. 이미 죽었으니 꽝이야.
테세우스	의사 덕분에 다시 살아나, 바보 당나귀가 될지도 모르지.
히폴리타	달빛은 왜 들어가 버렸지요? 티스비가 돌아와 애인의 시체를 찾아야 할 텐데.
테세우스	별빛으로 알아보겠지. 저기 티스비가 등장하네. 그녀의 비통 300 한 대사로 극을 끝낼 모양이군.

티스비 다시 등장

히폴리타	저런 피라머스 때문에 길게 슬퍼하진 않았으면 해요. 짧게 끝냈으면 좋겠는데.
드미트리어스	피라머스나 티스비나 둘 다 거기서 거깁니다. 피라머스가 남자란 것도 어이가 없고, 티스비가 여자란 것도 터무니없 305 네요.
라이산더	티스비는 벌써 피라머스를 찾아냈네.
플루트(티스비)	내 님이여, 자고 있나요?

아니면, 죽은 건가요?

오, 일어나요, 피라머스! 310

말해봐요, 말해봐! 전혀 못해요 말을?

죽었나요? 죽었어! 당신 사랑스러운 눈을

무덤으로 덮어야 하다니.

백합 같은 이 입술이,

앵두 같은 이 콧방울, 315

노란 앵초 같은 이 볼,

모두 다 사라졌네, 사라졌어.

슬퍼해 주오, 세상 연인들이여!

내 님 눈은 부추처럼 초록빛이었는데.

오, 운명의 세 자매야,   320

내게 와라, 오란 말이야,

우윳빛 창백한 두 손을 들고서.

오, 피로 물들여라, 그 손을,

내 님의 비단실 같은 생명의 줄을

거대한 가위로 잘랐으니까.   325

혀야, 침묵하라.

충직한 검아, 오너라.

그 칼날로 내 가슴을 피로 적셔라. [자신을 찌른다.]

그러면, 안녕히, 여러분,

이렇게, 끝나요, 티스빈.   330

안녕히, 안녕히, 안녕히! [죽는다.]

테세우스 달빛과 사자가 남아서 시체를 묻어주겠군.

드미트리어스 네, 돌담도 같이 할 겁니다.

보틈 아닙니다요, 분명히 말씀드리는데요, 두 집안을 갈라놓았던
돌담은 이미 무너졌습죠. 자, 그럼 이제 끝맺는 말을 보시겠   335
습니까, 아니면 우리 중 두 사람이 나와서 추는 버고 마스크
춤을 들으시렵니까?

테세우스 끝맺는 말은 사양하겠네. 자네들 연극은 변명의 여지가 없으

니, 양해를 구할 것도 없지. 등장인물들이 모두 죽었는데, 누
구한테 책임을 묻겠는가. 만일 이 극의 작가가 피라머스를   340
연기하면서 티스비의 양말대님으로 목을 매 죽었다면, 제법
훌륭한 비극이 됐을지도 모르지. 하지만 지금도 나름 좋았
네. 아주 잘했어. 자, 그럼 버고 마스크 춤이나 보여다오, 끝
맺는 말은 됐으니. [버고 마스크 춤]
자정을 알리는 종이 열두 번 울렸다.   345
연인들이여 침실로, 요정들의 시간이다.
내일 아침 우린 모두 늦잠을 자겠구나.
이렇게 밤늦도록 한껏 즐겼으니.
이 어설픈 연극이 밤의 무거운 발걸음을
가볍게 해주었다. 자, 모두들 침실로.   350
앞으로 이 주간은 밤마다 잔치를
벌이며 축하연을 즐기도록 합시다. [모두 퇴장]

로빈이 빗자루를 들고 등장한다.

로빈   지금 굶주린 사자가 울부짖고,
        늑대는 달을 보고 울어댄다.
        농부는 고된 밭일로 지치고,   355
        코를 골며 쓰러져 자고 있다.
        타다 남은 장작이 붉은 숨을 토하는데,
        올빼미의 불길한 울음소리가

시름 속에 몸져누운 자들에게
수의를 떠올리게 하는구나.   360
지금은 한밤중 야심한 시간,
무덤들이 아가리를 쩍 벌리니,
일제히 망령들이 뛰쳐나와선,
묘지의 좁은 길들을 휘젓나니,
지옥의 여신 헤카테의 마차처럼,   365
우리 요정들은 태양 빛을 피하고,
암흑을 쫓아서 꿈처럼
흥겹게 노는구나. 쥐새끼고 뭐고
신성한 이 집엔 얼씬도 마라.
빗자루 끼고 내가 왔으니까,   370
문 밖 먼지 싹 쓸어주려니까.

오베론과 티타니아, 요정들과 함께 등장

오베론   꺼질 듯 말 듯 희미한 촛불로
집안 곳곳을 밝혀라.
모든 요정들과 정령들아,
가시덤불 위로 날아오르는 새처럼   375
사뿐사뿐 춤추자.
이렇게 나를 따라 노래하며
경쾌하게 춤을 추자.

티타니아	노래해요, 당신이 먼저,	
	한 마디씩 장단에 맞춰.	380
	노래하며 춤춰요, 손에 손잡고.	
	이곳을 축복해요, 요정의 은총으로. [노래. 요정들 춤춘다.]	
오베론	동틀 때까지, 요정들아,	
	이 집안 구석구석 누벼라.	
	공작의 신방으로 날아가자,	385
	요정의 축복을 내려주자,	
	거기서 태어날 자식들에게,	
	그들이 영원히 행복할 수 있게.	
	그렇게 세 쌍의 부부들이,	
	영원히 진실하게 사랑하리.	390
	대자연이 실수한 흠결 하나	
	자손들에겐 결코 없게 하라.	
	사마귀도, 언청이도, 흉터도,	
	그 어떤 불길한 반점도,	
	날 때부터 흉물스러운 것들은	395
	결코 나타나지 마라 아이들에게는.	
	요정들아, 발걸음을 옮기면서	
	이 신성한 요정의 이슬 들고서	
	궁전의 모든 방을 축복하라,	
	달콤한 평화가 깃들게 하라.	400
	이 궁전의 주인에게도 축복을,	

그래서 영원한 안녕을!

자, 날아가라, 지체하지 말고,

모두들 동틀 때 보자고. [오베론, 티타니아, 요정들 퇴장]

로빈   혹 우리 그림자들이 불쾌하셨나요?   405

그럼 이렇게 생각해주세요.

여기서 잠시 조시는 사이,

나타난 것이라고 이런 환영들이.

그러니 한낱 꿈에 불과한 것을,

이 빈약하고 어설픈 연극을,   410

여러분, 너무 혼내진 말아주세요.

용서해주신다면 고쳐나갈게요.

약속할게요, 정직한 퍽으로서.

분에 넘치는 행운이 따라서,

피할 수만 있다면 따가운 비난을,   415

부지런히 고칠게요 부족한 점을.

그렇지 않으면 퍽은 거짓말쟁이예요.

자, 그럼, 모두들 안녕히 가세요.

친구시라면 박수도 부탁드립니다.

이 로빈 꼭 보답해 드린답니다. [퇴장]   420

번역 및
작품 해설

A Midsummer Night's Dream

I. 〈한여름 밤의 꿈〉 번역에 대하여

셰익스피어의 극들은 대체로 70% 정도의 운문과 30% 정도의 산문으로 이루어져 있다. 〈한여름 밤의 꿈〉이하 〈한 밤〉에서는 운문이 80% 정도로[1] 다른 극들에 비해서 운문의 비중이 조금 더 높을 뿐 아니라, 매우 다양한 운율이 활용되고 있다. 셰익스피어가 가장 일반적으로 사용하는 운율은 무운시blank verse라고 일컬어지는 '각운을 사용하지 않는 약강오보 격'iambic pentameter 운율이다. 하지만, 〈한 밤〉에서는 한 행의 대사가 약강 격 다섯 음보로 이루어지는 약강오보 격을 기본으로 하면서도 그 어느 작품에서보다 각운rhyme을 적극적으로 또 다양하게 활용한다. 상당 부분의 운문 대사에서 각행의 마지막 음절이 두 행씩 동일한 음을 반복하는 aabbccdd 형식, 또는 한 행씩 띄어서 운율을 형성하는 ababcdcd 형식의 각운을 사용한다. 〈한 밤〉에서는 이러한 운율 외에도 낱말의 첫음절에 강세를 두는 소위 두운이 사용되기도 하고, 오보 격 대신에 사보 격이 사용되기도 한다. 물론 20% 정도의 산문 대사도 있음을 잊어선 안 된다.

셰익스피어가 많은 공을 들여서 운문을 만들고, 또 산문을 삽입하는 데에는 그만한 이유가 있다. 운문은 주로 귀족들의 대사나 정치적 수사, 사랑의 대사, 철학적 대사나 주인공의 내면을 표현하는 독백 등에 활용되고, 산문은 주로 평민들의 대사나 일상적 대화, 코믹한 대사 등에 주로 활용되는데, 그 안에서 다양한 변주를 만들어내면서 운문과

---

[1] Leslie Dunton-Downer and Alan Riding. *Essential Shakespeare Handbook*. Dorling Kindersley, 2004. p. 205.

산문의 배치는 마치 셰익스피어의 무언의 무대 지시문 같은 역할을 한다.

각운은 한 인물의 대사 속에서 이루어지기도 하지만, 서로 다른 등장인물들의 주고받는 대화 속에서 이루어지기도 한다. 이럴 경우 각운은 등장인물 간의 긴밀한 관계를 표현하거나 장면의 분위기, 리듬, 템포감 등을 표현하기도 한다. 〈한 밤〉에서 각운은 요정들의 세계를 표현하고, 〈피라머스와 티스비〉라는 연극 속의 연극을 보다 더 연극적으로 보이기 위해 사용되고, 연인들의 낭만적 분위기를 표현하기 위해 활용되기도 하며, 무엇보다 사랑의 꽃 즙으로 마법에 걸린 상황을 차별적으로 보여주기 위해 사용된다. 그래서 마법이 풀린 뒤 연인들의 대화에서는 약강오보 격의 운율은 있으되 각운은 없고, 다투는 중의 요정 왕과 왕비의 대화도 운문이나 각운은 없다. 그러나 사랑의 꽃 즙을 바른 요정 여왕의 대사는 시적 운율도 각운도 더욱 도드라지게 강화된다.

셰익스피어의 시어를 우리말 시어로 완벽하게 치환하는 것은 불가능하다. 조어 방식도 운율도 완전히 다르기 때문이다. 영어의 운율은 강세에 강약으로 이루어지지만, 우리말은 3·4조나 7·5조처럼 음절 수의 반복성으로 이루어진다. 영어와 달리 비교적 일정한 어미로 끝나는 우리말 동사, 그리고 대개 명사 뒤에 일정한 조사가 동반되기 마련인 우리말의 구조는 영어처럼 다양한 각운을 구사하기에 불리하다. 하지만 그렇다고 해서 시적인 번역이 불가능한 것은 전혀 아니다. 배우가 가장 편한 호흡으로 구사할 수 있는 시형이 약강오보 격이라고 할 수 있는데 우리에게는 판소리의 3·4조가 여기에 해당한다. 약강오보 격의 호흡 길이와 3·4·3·4의 호흡 길이는 매우 유사하다.[2] 셰익스피어가 시적 운율을 위해 어순을 자유롭게 뒤바꾸곤 하는 것처럼 우리말도 구어에서 하듯이 자유롭게 어순을 구사하면 얼마든지 각운도 반영한 번역을 할 수 있다.

앞서 언급했듯이, 셰익스피어 극에서 운문과 산문의 교차적 활용은 매우 긴요한 극적 역할을 한다. 자세히 들여다보면 거기에서 무대 지시문을 말하는 것 같은 셰익스피어의 목소리를 들을 수 있다. 따라서 셰익스피어를 번역함에 있어서 운문과 산문을 구분하여 번역함은 필수적이라고 할 수 있다. 또한 〈한 밤〉처럼 운율의 다양한 변주가 구사되는 경우에는 그 특성을 배우나 연출, 독자에게 알려주는 것은 매우 긴요한 일일 것이다. 그렇기에 본 역자는 운문과 산문의 구분은 물론이거니와 모든 각운도 반영하여 번역하기 위해 노력하였다. 절대 완벽하지 않다. 그럼에도 불구하고 역자가 소망하는 것은 원작에서 셰익스피어가 어떤 것을 의도했는지 그 흔적이라도 전달하고자 하는 것이다. 그래야 독자는, 연출과 배우는 자신들의 상상력을 보다 구체적이고 다양하게 동원하여 원작을 이해하고 구상할 여러 힌트를 만날 수 있기 때문이다.

---

[2] 단순한 예로, "To be or not to be, that is the question"과 "사느냐 죽느냐 그것이 문제로다"의 호흡 길이를 비교해 보면 쉽게 이해할 수 있다.

II. 〈한여름 밤의 꿈〉 작품 설명

1. 텍스트

셰익스피어의 극작품들은 대개 셰익스피어 생존 시에 출판된 사절판본Quarto(인쇄 전지를 두 번 접은 것)과 사후 7년 뒤인 1623년에 출간된 전집본인 이절판본Folio(인쇄 전지를 한 번 접은 것)으로 출판되었다. 〈한 밤〉 역시 1600년에 출간된 제1 사절판본과 1619년에 출간된 제2 사절판본, 1623년에 출간된 이절판본이 존재한다. 오늘날의 셰익스피어 텍스트들은 현대의 편집자들이 사절판본과 이절판본 텍스트를 적절히 잘 조립한 것이다. 극작품이란 공연을 전제로 하는 것이기에 시간과 공간의 변화에 따라, 즉 공연 조건에 따라 그리고 작가의 생각의 변화에 따라 달라지곤 한다. 셰익스피어의 극작품들도 각각의 판본에 따라 크고 작은 차이를 내포한다. 현대의 셰익스피어 텍스트들은 편집자의 선택에 따라 사절판을 기본으로 하면서 이절판을 부분적으로 가져오거나, 그 반대로 이절판을 기본으로 하면서 사절판을 부분적으로 차용한다. 보다 정교하게 만들어진 전집본인 이절판본을 흔히 정전본이라 간주하는데, 최근에는 이 이절판을 중심으로 한 텍스트들이 많이 만들어졌다. 본 역자의 〈한 밤〉 번역도 셰익스피어의 이절판본 및 이절판을 근간으로 편집된 다음의 현대 텍스트를 모체로 이루어졌음을 밝힌다.

Shakespeare, William. *A Midsummer Night's Dream.* Ed. Peter Holland. Oxford University Press, 1994.

2. 극 구성

〈한 밤〉은 셰익스피어의 가장 현란한 시적 기교를 과시하지만,[3] 동시에 꽉 짜이고 다층적인 극 구성은 이 극의 완성도를 한층 배가시킨다. 극 중에서 히폴리타는 결혼식까지 네 번의 낮과 밤이 남았다고 말하지만, 실제로 이 극은 4월 29일과 5월 1일 사이 1박 3일간의 여정을 보여준다. 1막에서 첫날이, 2~3막에서 두 번째 날(밤)이, 4~5막에서 세 번째 날이 지나간다. 하지만 1막은 새벽 여명이 밝아오는 가운데 시작하며, 밤을 지새우는 2~3막을 지나, 4막은 다시 동이 틀 무렵의 이른 아침이며, 5막은 잠자리에 들러 가는 한밤중의 시간에 막을 내린다. 즉, 두 쌍의 연인들 사이의 복잡하게 뒤엉킨 관계가 회복되고, 불화에 휩싸인 요정 왕과 왕비 사이가 회복되며, 공작 부부의 결혼식이 이루어진다. 더군다나 그사이 공작 부부의 결혼을 축하하기 위한 직공들의 연극 연습과 공연이 행해지는 복잡다단한 사건들이 요정들의 마법과 얽히며 3일 동안에 걸쳐 이루어진다. 하지만 짧은 여명의 시간을 제외하고는 대부분 사건이 어둠 속에서 진행되면서, 극은 마치 하룻밤 사이에 꾸는 한 번의 꿈같은 인상을 주며 속도감 있게 달려간다.

이러한 응축미와 속도감을 뒷받침하는 것은 겹겹이 중첩되어 있는 이 극의 다층적 구조이다. 5막 결혼 축하연으로 〈피라머스와 티스비〉라는 직공들의 공연이 이루어지는 순간에 명료하게 드러나듯이, 극중극을 보여주는 하층민 직공들의 세계가 있고, 그 극중극을 관극하는 공작

---

[3] Michael Dobson and Stanley Wells, eds. *The Oxford Companion to Shakespeare*, Oxford University Press, 2001, p. 298.

및 귀족 연인들의 세계가 있으며, 또 이 모든 것을 관찰하면서 장난도 치고 축복도 해주는 요정들의 세계가 있다. 이렇게 초자연적인 절대자에 의해 세속적인 삶이 관찰되고 통제되는 상황은 르네상스 시대에 널리 알려져 있던 '세상은 연극'Theatrum Mundi 사상을 반영한 것이라고 할 수 있다. 세상은 극장이며, 인생은 연극이고, 그래서 이미 쓰인 대본에 의해 그 운명이 이미 결정되어 있는 배우처럼 인간의 삶 역시 보이지 않는 힘에 의해 통제되고 있다는 '세상은 연극' 사상을 무대 위에 재현하는 이 극의 구조는 때때로 연극과 현실, 꿈과 실제 사이의 구분을 모호하게 하고, 또한 이 극의 축제적 희극성을 애매하게 만들며 비극적 정서의 개입 여지를 허용한다. 〈한 밤〉의 다층적 극 구조야말로 이 극의 매력적이고 공고한 뼈대가 될 뿐 아니라, 단순한 낭만 희극의 차원을 넘어서서 다양하고 깊이 있는 의미들을 발생시키는 효과적인 플랫폼 역할을 한다고 하겠다.

3. 주제

셰익스피어의 큰 특징 중의 하나는, 사물이나 현상을 절대적 기준이 아닌 상대적 관점에서 바라보면서, 그 이중성 내지 다중성을 파악하는 소위 '이중 시각'double vision이다.[4] 테세우스가 5막 1장에서 〈피라머스와 티스비〉의 소개말에 대해 언급하는 "희극적이면서도 비극적인," "지루하면서도 짧은," "뜨거운 얼음," "검은 눈," "부조화 속의 조화"는 셰익

---

[4] Jonathan Bate and Eric Rasmussen, eds. *The RSC Shakespeare: The Complete Works*. Macmillan Publishers, 2007. p. 365.

스피어의 '이중 시각'을 단적으로 보여주는 표현들이다. 셰익스피어의 극 세계 속에서 절대적이고 단일한 가치는 쉽게 발견되지 않는다. 대부분은 늘 상대적이며, 다중적이다. 선과 악이 공존하고, 희극과 비극이 뒤섞이며, 혼돈과 질서가 한데 어울린다. 그것이 셰익스피어가 바라본 세상의 모습이고 사람의 양태이다.

〈한 밤〉에서 집중적으로 탐구되는 것은 '사랑'이다. 실로 다양한 종류의 사랑이 나열된다. 테세우스 공작이 전쟁을 통해 얻은 폭력적 사랑, 이지어스가 허미아에 대해서 갖는 가부장적이고 폭압적인 사랑, 질투가 가득하고 바람기도 넘치며 본능에 충실한 오베론과 티타니아의 원초적 사랑, 허미아와 헬레나의 열정적인 일편단심 사랑, 마법에 의한 라이산더와 드미트리어스, 그리고 티타니아의 변화무쌍한 눈먼 사랑까지 다양한 종류의 사랑이 전시되고 탐색된다. 어지럽게 전개된 복잡다단한 사랑들이 결국엔 연인들의 결혼과 요정들의 축복이라는 화합과 축제의 결말을 맺는 듯이 보인다. 하지만, 우스꽝스럽게 진행되지만 비극으로 마무리되는 피라머스와 티스비의 엇갈린 사랑은 마법이라는 초자연적 외부의 조력이 없었더라면 연인들의 사랑도 아차 하는 순간에 피라머스와 티스비의 경우처럼 서로 어긋나고 비극적 결말로 끝날 수도 있음을 상기시켜준다.

사랑의 모습은 한 가지가 아니며, 아름답기만 한 것도, 낭만적이기만 한 것도 아니다. 때로는 매우 이기적이고, 폭력적이며, 맹목적인 것이기도 하다. 무엇보다 가장 확실하게 자신의 감정이라고 생각할 수 있지만, 외부의 힘에 의해 통제되고 조작될 수도 있는 연약한 것이기도 하고, 또 예측 불가능한 것이기도 하다. 그리고 사랑에 대한 이러한 인식은 인간 삶에 대한, 그리고 세상에 대한 셰익스피어의 인식과 다르지 않다. 사랑도, 인생도, 세상도 양가적이며, 어둠과 밝음이 뒤섞여 있고, 환상과 현실, 질서와 혼돈을 오간다.

III. 본 번역 읽는 법

본 번역은 철저히 운문과 산문을 구분하고 있다. 운문의 주된 운율은 3·4·3·4조를 기본으로 하되, 원문에서 기본이 되는 약강오보 격에 변화가 일어나면 그에 맞춰서 음절 수에 변화를 주었다. 원어 공연에서도 연출자나 배우의 의도에 따라 운율을 엄격하게 지키기도 하고, 거의 산문처럼 자연스럽게 대사를 읊기도 한다. 마찬가지로, 운율을 맞춰서 읽어도 되고, 그냥 자연스럽게 읽어도 무방하다. 그러나 운율을 의식하여 읽고자 한다면, 특히 원작에서 유난히 강조되고 있는 각운에 유의하여 읽기 바란다. 주로 aabb, 또는 abab 형식으로 이루어진 각운은 대사를 더욱 시적으로 또는 음악적으로 만들면서 극의 구성과 의미, 극적 효과에 또 다른 가능성을 제시해 줄 것이다. 셰익스피어 텍스트에는 '행 공유하기'라는 독특한 기법이 있는데, 이는 약강오보 격의 한 행을 두 명 이상의 등장인물이 나누어서 말하는 것이다. 즉, 아래의 예문에서 볼 수 있듯이 여러 명의 대사가 나뉘어져 있으나 마치 한 인물의 한 행의 대사를 말하듯이 바로바로 이어서 대사가 이루어져야 한다.

Peaseblossom	Ready.		
Cobweb		And I.	
Moth		And I.	
Mustardseed			And I.
All			Where shall we go? (3.1.154)

콩꽃	예예!		
거미집		예예!	
나방		예예!	
겨자씨			예예!
모두			어디로 모실까요?

이와 같은 '행 공유하기'는 극의 여러 곳에서 자주 시도되고 있는데, 극의 속도감과 리듬감, 긴박감, 또는 등장인물 간의 친밀함이나 반감 등 특정한 목적에 사용되는 것이므로 반드시 준수하여 읽기를 바란다.

| 참고문헌 |

Bate, Jonathan and Eric Rasmussen, eds. *The RSC Shakespeare: The Complete Works*. Macmillan Publishers, 2007.

Dobson, Michael and Stanley Wells, eds. *The Oxford Companion to Shakespeare*. Oxford University Press, 2001.

Dunton-Downer, Leslie and Alan Riding. *Essential Shakespeare Handbook*. Dorling Kindersley, 2004.

Shakespeare, William. *A Midsummer Night's Dream*. Ed. Peter Holland. Oxford University Press, 1994.

옮긴이 이현우

현) 순천향대학교 영미학과 교수
    International Shakespeare Association 집행위원
    International Shakespeare Conference 자문위원
    Asian Shakespeare Association 집행위원
    Asian Shakespeare Intercultural Archive 공동책임자
전) 한국셰익스피어학회 회장

저서: 『셰익스피어: 관객, 무대, 그리고 텍스트』, 『한국 셰익스피어 르네상스』 외
역서: 『코리올레이너스』, 『세네카의 오이디푸스』, 『햄릿 제1 사절판본』 외
연출: 〈코리올라누스〉, 〈떼레즈 라깽〉, 〈햄릿 Q1〉, 〈리어왕〉 외
출연: 〈고도를 기다리며〉, 〈겨울나그네〉, 〈오이디푸스〉, 〈나는 빠리의 택시운전사〉, 〈리어
    왕〉, 〈페리클레스〉, 〈이런 동창들〉, 〈메카로 가는 길〉, 〈몰리 스위니〉, 〈라 쁘띠뜨
    위뜨〉, 〈뮤지컬 하모니〉, 〈험한 세상의 다리〉(TV) 외
수상: 2017 한국연극학회 의민저술상, 2017 학술연구지원사업 우수성과 교육부장관 표창,
    2012 PAF 연극연출상, 2011 순천향대학교 우수학술연구상, 2010 순천향대학교
    우수교육상 외

한여름 밤의 꿈

초판 1쇄 발행일 2024년 8월 31일

윌리엄 셰익스피어 지음 | 이현우 옮김

발 행 인   이성모
발 행 처   도서출판 동인 / 서울특별시 종로구 혜화로3길 5, 118호
등록번호   제1-1599호
대표전화   (02) 765-7145 / FAX (02) 765-7165
홈페이지   www.donginbook.co.kr
이 메 일   donginpub@naver.com
I S B N   978-89-5506-752-1 (03840)
정   가   10,000원

※ 잘못 만들어진 책은 바꾸어 드립니다.